夏夏小物會

什麼事情都不曾發生，一直到事情被描述下來。

——維吉尼亞・吳爾芙

目次

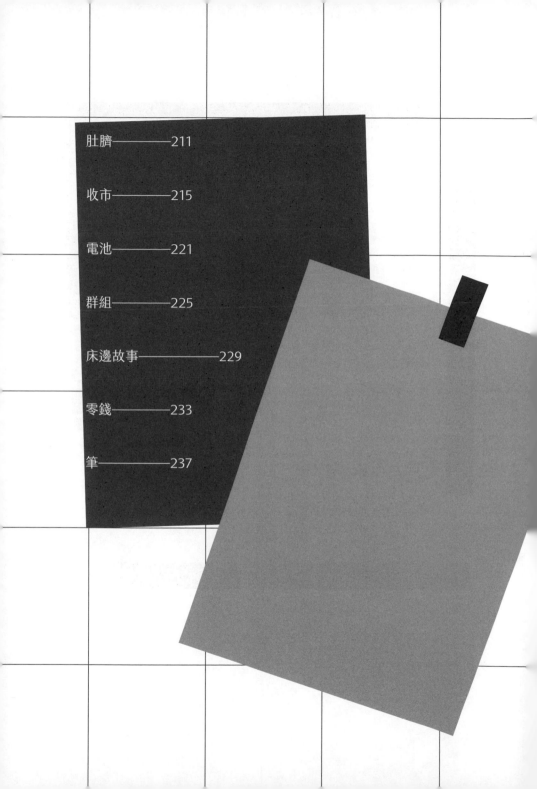

〔自序〕
提前敲響的午夜鐘聲

午夜的鐘聲不知從何時開始提早響起，噹噹噹，一共響了六聲，催促著回家的腳步。

我和我所認識的一些女性朋友從前還會趁下班後，一起吃喝鬼混到深夜，在這幾年漸漸養成了一個默契，幾乎不在晚餐時間約碰面。如果真的想聊聊天，寧可向工作單位請假半天，約在中午時簡單吃個便餐，交換一些生活感想，當然也順便互吐苦水，然後各自買單，匆匆趕回家去。下回見面，可能又是一年後了。

白天時，打扮光鮮亮麗在職場上衝鋒陷陣，但是只要一接近傍晚，猶如都會版的灰姑娘，召喚我們趕快回家的不是魔法即將消逝，而是掛念著接孩子放學的時間、晚餐要吃什麼、衣服洗了沒之類的瑣事。因此六點下班時間一到，大家迫不及待跳上車（如果可以的話，把玻璃舞鞋換成預先準備的耐走平底鞋才好趕路），運氣好的話順路買齊晚餐的便當和明天早餐的麵包。一回到家，為了不把病菌帶給孩子，立刻褪去外出時精心打扮的妝髮衣飾，換上適合勞動的衣褲，成了名符其實的灰姑娘，進入備戰狀態。

於是我們又有了另一個默契，不在傍晚過後打電話。就算打了，對方也沒時間接。

洗便當盒、簽聯絡簿、順手摺衣服、整理垃圾，若要一一列舉，未免小題大作，畢竟每件事說來都小到算不上一件事。但也是這一連串的勞務持續沖刷著，將疲勞不斷地澆淋在身上，日日都盼著今天能早點睡；將時間的分野沖洗至模糊，於是經常想不起來剛發生過的事；又將感受的銳角消磨成卵石，悄悄靜置在龐大紊雜的家務所匯聚的河底。

終於，鐘聲敲響十二下，一眨眼已到午夜。

童話故事中經常將午夜時分作為特殊事件的設定。午夜，在孩子心目中披上強大了魔力，因為他們多半在更早的時候就被趕上床，不知道在熟睡的另一面會發生什麼事。然而混亂會從此展開，並且經歷過一夜後，萬事萬物往往會恢復寧靜，又一次，安然迎接早晨。

不知不覺中，我也開始相信午夜的魔力。儘管有做不完的家事，因著之前的投入，在這個時刻顯得格外深沉，讓人相信一切會回歸到最初的美好，於是安心地睡去。

家族合照

對我來說最難拍攝的是人物像。你必須要能看穿他們，「真實」的他們。

——布列松

照片是穿梭在瞬間與永恆的任意門，同時捕捉這兩個在定義上截然不同的時間動態。因此，每一張照片所拍下的瞬間即使能透過事後的解讀與詮釋，仍舊有很大一部分會成為人們永遠無可否認的事實見證，最強而有力且無聲的證詞。

在那張家族合照裡我年僅十歲，和其他孩子席地坐在前排，大一點的孩子則站在我們身後。我綁著那幾年常梳的一對長辮子，穿著姊姊的舊衣服，神情篤定看著鏡頭。

在照片的中央是家族裡年紀最長的長輩，身旁是由他們所出的兒女及其伴侶依序排列，形成高低四個排面，因此照相館後面的布景牆被遮蔽，未能發揮裝飾功能。

拍完照後，放大沖洗成好幾份，分別給影中的幾個家庭珍藏。加洗給我家的那張，裱銀色金屬素框，端正掛在書房牆上。

那是最後一次回去巡視父母的老家。過幾天，清運公司會來把積聚四十年的什物搬上卡車，屋內清空後，將租給一對新婚的小夫妻。

鎖門離去前，我在合照前來回走過幾次，從牆上取下旋即掛回，猶豫再三，最後決定任其交由清運人員無心且快速地丟棄。就當作是忘了帶走吧。

沒想到事隔一年後，這張合照又交到我手中。不，應該說是升級版的合照。比之前更難銷毀。

熱心的親人代替我回老家巡視，發現這張「珍貴」的照片，特地取下攜回。又恐怕年代久了相紙變質，便赴相館作最新技術處理，翻拍輸出成塑膠合板，並選更加華麗的紋飾邊框裱之。並不辭辛勞北上時，將此無法放入行李箱中的巨幅合照用花布裹覆，綁繩，一路提至我家。

我難以啟齒的是，這幅不合時宜的記憶應當在一年前和陳舊的家具、叫不出名字的紀念品、穿不下的過時衣物一齊碾碎，灰飛煙滅。

這原是記錄著一代人艱辛生存、開枝散葉的美好畫面，卻在過了二十多年後，有恩斷的親情，有義絕的婚姻，共同的記憶被硬生生截斷，從此各走各的陽關道，開各人的枝散各人的葉。

這張家族合照，再不適合公開展示了，以免觸及不可言說的傷口。

新的婚姻帶來新的家族成員，我們也漸漸明白不需要再重蹈留下影像證據的覆轍，只要偶爾零星、隨興的拍照，也能為喜慶增添熱鬧。有了智慧手機後又更方便了，照片無須沖洗，能輕易傳送，想留的人就存檔，不想留的連刪除都不用，時間到了自會檔案更新，一切又能重新開始。

如今我已初步入影中人物的壯年階段，失去當年甩著長辮的十歲的篤定眼神，不再相信有永恆的情愛、問候、溫暖、真摯。但也明白在必要的時刻必須刻意假裝，好周全畫面的圓滿。

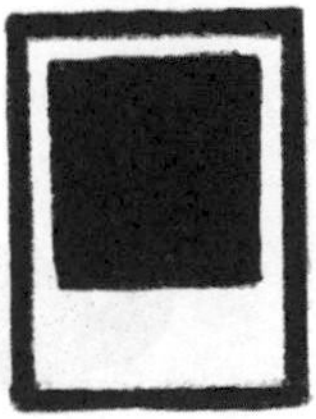

烏龜

家裡有什麼東西是當你不在意的時候，就會不見；反之，當你越在意的時候會越來越大，直到無法忽視？

故事的開始也許各有不同，但結局大抵可以分成兩種。

那幾年走在路上，特別是下著滂沱大雨的日子裡，特別容易遇到烏龜。不知從何處來，亦不知往何處去。踽踽獨行。一座孤絕浮於陸地上的島，所邁開的每一緩步都在重新定位這座困於溼濡的城市、這片意識的汪洋。我認識幾個養烏龜的人家，幾乎都是這樣撿來的。

他們或養在陽臺、廚房、客廳，幾片菜葉，少許水，隨興擺幾顆石頭或

者不擺。飼養烏龜最難的恐怕在維持關注。由於牠幾乎靜止，簡直像一件靜置的家具，時間也為牠停步，因此難以察覺生長變化。可就在飼主放棄作為一個寵物來對待時，像是終於逃脫監視，烏龜早已在這段時間裡找到藏身之處。等大夥哪天想起來時，烏龜已經消失數週、數年。

難道是不久前的大雨，烏龜又啟程，踏上另一段相遇？

總之不得而知。就如傳說故事中報完恩，烏龜徹底從家裡消失了，留下人們百思不得其解。

就連我那叫做烏龜的朋友也是。在大家不注意的時候，已經悄悄換了電話號碼、信箱，從友人間口耳相傳他後來去了哪裡，但已是好久之前的消息，如今不可考。將他的名字鍵入網上搜尋，竟出現上百張難以辨認的相似照片，理財專員、棋士、小吃店少東、公務人員，上百個分身，卻都不是他。烏龜就只是，消失了。

古代傳說女媧煉五色石補天，又斷鰲立極。鰲，海中巨大烏龜。女媧砍斷龜的四足，用以支撐天的四極。在不同的文化中，烏龜出場的尺寸儘管有大小之別，但總是能帶來安定踏實的意象，成為默默支撐的力量。

現實中的烏龜當然不可能有戲劇化的救世情節，可回想起來，有烏龜的那幾年，小風波雖不可免，也都平安無事度過，是這樣平凡到一不小心就不在意的日子。

後來的烏龜就沒這麼容易遇到了。

他和她到寵物店買了一隻小烏龜，養在同居的住處。下班的路上，她上網訂飼料，週末的早上，他替烏龜刷背洗澡。聽說不太會長大的龜，長得竟特別快，才過一陣子，小臉盆就裝不下。

他需要花越來越多時間加班，她需要越來越多理解。烏龜背上的綠苔越來越厚，發出陣陣惡臭。他們只好把烏龜趕到通風的陽臺上，兩人都不記得有沒有餵烏龜。幾個禮拜後，烏龜又長更大了。

他在大雨的傍晚只拿了幾件簡單的行李搬走，訊息中說剩下的會盡快找時間來處理，包括烏龜。這封訊息就這樣停留在三年前的日期。

這一次烏龜沒有消失，打定主意賴在這間小小的房子裡。算一算烏龜養了五年，可是為什麼看起來像是活了幾百歲？

別針

市集上擺著各種花色的徽章，讓人忍不住停下來端詳。特別鍾愛金屬材質，色彩鮮豔的假琺瑯或烤漆，再上一層彩色電鍍，小小的徽章精緻又迷人。打字機、雞尾酒、俄羅斯方塊、太空人、黑膠唱盤與卡帶，什麼可愛的圖案都有，幾乎都僅有一個。不禁好奇，當初生產時必定是大量製造，那麼其他的都去哪兒了？眼前這唯一的一只又是如何流落至此的？

它們的可愛在於唯一，在於帶有些復古，使人有種從時光輸送帶上滑落的錯覺，更在於經常沒來由地就不見了。

曾有一只陶瓷燒製的別針，粉紅五瓣花，形狀圓潤討喜，我別在海軍藍麻布手袋上。無奈陶瓷與金屬釦針黏合不牢，幾次險些掉落，又黏了回去。有一回真的掉了，再也尋不回。送我別針的友人在那幾年頻繁聯繫，連半夜裡都互相講電話，最終也因為生活的顛沛而斷了音訊。

在書架上，我存放信件的皮箱裡，蓋子上有一暗袋，裡頭是照片壓製的別針。照片中是祖父坐在幼年時家裡的客廳，一手抱著我，一手抱著姊姊。依稀記得大人說過那天是為了慶生，至於是誰生日，已不可考。像這樣的別針，小時候家裡有好幾個，還有一只是祖父參加同鄉會旅遊拍的獨照，站在瀑布前的石頭上，雙腳邁開，故作頑皮。童年時總想，誰要戴這種別針啊？別針後來逐一散佚，僅剩我手中唯一這只，世上再無其他複製品。那段差點散佚的日子，就在這別針上被保留了下來。

又一日在車站與她巧遇。她說近來整理家裡，翻到一大盒學生時代收藏的別針，共有上百個。妳想要嗎？她問。我搖搖頭，生活已容不下這些雜物。

代表學校、社團、系所、營隊的別針，曾經滿滿地別在書包上，像極了現在社交軟體上的訂閱、好友數目，只是真正的摯友難得，恐怕多半是點頭之交。

然而，誰沒有這樣過呢？

年輕時害怕失去、離散與錯過，便惶惶然將一切都收藏，到頭來才發現從前握在手裡珍珠般的物事，終究是夢一場。但是，若沒有這般盲目地收藏過，又怎能算作年輕過呢？

我曾經釘在書包上的別針們，從書局買的、和別人交換的、飲料的贈品，確實都沒來由地不見了。雖然愛在別針的攤位上逛，卻沒真的買過，包包上始終素淨。偶爾需別上什麼的時候，大抵是識別證、胸花，其餘時候多半還是不願破壞衣料的。

後來，我幾乎相信任何人都能像鎔鑄徽章那樣製造出一些別致的記憶，好比說無法取代的精心時刻，又如生活中固定的風景、頑固的習慣。只是你永遠無法干涉別人要將它別在何處，亦無法阻止它沒來由地消失。

後巷

記憶也是累贅，它把各種標記翻來覆去以肯定城市的存在；看不見的風景決定了看得見的風景。

——卡爾維諾《看不見的城市》

城市是一具寬大的顯影器，裝載著人們對文明的想像，盡其可能投射出華美、虛幻的外貌，令人生出錯覺，彷彿乘著希望的七彩泡泡就能無畏無阻的通往未來。

於是一座座連結、附著、增生、分裂的城市，都是蜃影。

我卻是在許多年以後，才學會「看見」那些看不見的風景。

猶記得在異鄉賃居的頭幾年裡，能挑選的居住條件受限於經濟、交通能力，倉皇之中覓得一處無隔間的老公寓，沒多想便租下。那時候在朋友圈中能輕易辨認出誰是在地人，誰是外地人。和我一樣從他處來此地討生活的，渾身不自覺透露對自由的渴望與不安，就像第一次拿到駕照上路的新手駕駛，什麼路途都想前去試試，卻又盲目惶惑。可卻沒想過自由也和駕駛一樣，需要一定程度的練習，才能逐漸掌握。急於「上路」的結果，偶爾能帶來誤闖的美麗邂逅，但也會帶來失速後的擦撞。

事後再回想我的第一個租屋處，怎麼樣也沒辦法理解何以當時我竟會忽略這麼多顯而易見的缺點，而付出一筆不算小的租金，慷慨地簽約入住。

這批老國宅兀自存有於繁華的都市邊緣，鄰近水旁，本該有寬敞的視野與溪畔帶來的閒情逸致，但因為公有宿舍長年失修，逐漸聚集從進步的行列中拖沓腳步而脫隊的人們，以及嚮往流浪與不羈的人們。

年老的居民有一股傲氣，任意堆置、修繕、架設，自成天地，既是寇也是王。流動的住戶多半做著瑰麗的夢，對生活的憧憬如同懸掛在窗口的綺麗窗布和反抗主流價值的標語旗幟。

踏著半露天的階梯，沿著外露的紅磚牆，拾階上到三樓，我的公寓有面陽的小陽臺，在租屋族中算是奢侈的。我特地到假日花市搬了一盆茉莉、一盆觀賞番茄在陽臺供著，日日盼著開花結果。

不多久，發現枝葉上經常掛著包裝藥品的小塑膠片。這天外飛來的垃圾一時半刻也找不到凶手，只好自己勤著些清理。

再過了好一陣子，一日心血來潮，打開朝後巷的木格窗戶，赫然見到滿坑滿谷的垃圾包。原來是公寓頂樓的住戶日積月累，將自家垃圾逐袋往下扔在一樓人家的屋頂上，漸漸成了一座小山，山頂直逼我三樓的窗口。奇怪的是，為數龐大的垃圾並不惡臭，想來缺德鄰居經過挑選，至少沒把湯湯水水的廚餘也一起往下倒。

好奇與氣憤使然，曾向巷子裡其他老住戶打聽，據說惡鄰舉止怪異不說，丟垃圾的囂張行徑已經持續十多年，警察也多次造訪，但檢舉無效。一樓住戶只得認了，每年固定找業者來清理，以免屋頂被過重的屯積而壓垮。

那一袋袋粉紅粉藍的垃圾包裹著文明生活的剩物，在多雨的氣候下潮溼癱軟，在灰陋窄仄的後巷裡相互擠壓堆疊，像肉體上變異的細胞團塊，恣意生長，奪目。

幾次遇到惡鄰，見她鐵著一張臉，以傘為杖，緩步且吃力地登上幽黯頂樓，砰的一聲重重甩上鐵門閉居。

在這裡前後度過幾年光陰，也結交幾位當時志同道合的朋友，在冷暖都市中相互為伴，盡情揮霍夢想與青春。只是後來我不再開後窗，久而久之竟漸漸遺忘窗後的現實，只緊盯著眼前所相信所想要的幻覺一路前去。

我們就如卡爾維諾筆下的忽必烈，一心嚮往完美的城市。城市亦不負我們所望，在每一道摺疊再摺疊的皺褶中盡藏誘人的光芒，滿足每個人的需求。然而，其中最老謀深算的也是城市本身，「城市不會洩露自己的過去，只會把它像手紋一樣藏起來，它被寫在街巷的角落、窗格的護欄、樓梯的扶手、避雷的天線和旗桿上，每一道印記都是抓撓、鋸銼、刻鑿、猛擊留下的痕跡。」當然，這些暗藏的線索，同樣需要幾番練習，才能一一破解。

因此完美的城市並不存在，它隨時都像道具景片一樣可以拆毀，可以搬遷，可以重新塗抹成另一座城堡或夢中的仙境。

只是那時候，不只是我們已然看不見城市的本貌，自身也成為不被看見的人，在這座巨大的有機迷宮中闖蕩。

搬走前，最後一次打開後窗，垃圾堆依舊，那裡既是最不可見之處，也是最真實之處。午前陽光爛漫灑落，鄰牆綠苔掩映，在喧鬧市中心一隅安靜，竟也像最後一方樂土。

可爾必思

冬日到來的第一天，要買一瓶可爾必思。

那時候可爾必思還是用玻璃瓶裝，瓶身包裝著白底藍點的圖樣，有著平實卻浪漫的模樣。懷抱著沉甸甸的瓶身，慢慢走在溼答答的細雨中，像落雨時才會出現的蝸牛，一面想像著乳白的濃縮液從瓶口滑入杯中，沖入偏熱的溫水，用湯匙匡噹匡噹攪拌幾下，白近乎透明的汁液在玻璃杯中旋轉著。

有時，出門前就先煮好熱水，等到買回家時剛好放涼了些。

巧克力也是喝的。溼冷的冬日裡誰不愛來上一杯甜滋滋的熱巧克力呢？可是巧克力好就好在甜，壞也壞在甜，甜得沒法多來一杯，但天還是冷著，手還是凍著，想再多喝，就是可爾必思了。上午一杯，下午一杯，也不嫌多。

多了，就泡少一點。想配甜點吃，就泡淡一點。隨個人意思。

知道喝可爾必思，且不是買調好的現成罐裝，而是買濃縮液自己調製，是從她那裡學來的。和她幾乎沒說過別的話，見過幾次面，唯一的對話僅止於，「妳也要喝嗎？」我點點頭。這樣說來也算不上對話，因為我害羞得連口都沒開，但又急著想喝。喝了一次之後，每回見到她，幾乎都在等她問我要喝嗎，我既想要假裝考慮又急著想喝，怪模怪樣地點點頭。不只如此，我還跟到廚房裡，看她優雅地從冰箱拿出那只白底藍點的瓶子，倒進高高的杯子裡，加水加幾塊冰。近乎透明的白中有正在融化的透明冰塊，像夢中夢。我不好意思地小口喝著，在她不注意的時候又忍不住大口喝。

幾年後，當我在超市瞥見熟悉的瓶身已入冬，來不及飲冰涼的可爾必思。隨手翻看包裝時，瞧見溫熱沖泡的介紹，立即買回家試飲。此後，我就不再喝冰的可爾必思了。且喝的時候總是一口氣喝完。即便細心布置了暖呼呼的座位，挑了本書，腳上蓋了毛毯，但只要杯裡的可爾必思還沒喝完，我就滿腦子想著那股滋味，沒法專心做別的事，所以總是一飲而盡。

我個性急躁，平日裡不免有小傷，特別是忙亂時，手上腳上，割傷擦傷。忙過後，又想不起是怎麼碰出來的。拿OK繃貼上，過兩日就好了，就是不貼OK繃，忙著忙著也會自行癒合。只是沒貼OK繃，做家事時得忍著那股小刺痛。

可爾必思就像是貼在壞心情上的OK繃。

天冷的日子，很難不遇上溼了腳又吹了風的時候，偏偏雨總下不完，從冬日來到的第一天直到最後一天都是連日的雨，鞋子雨傘外套溼了又乾，乾了又溼。乾不了的，是往心口上搗著的，說不出口。這時來上一杯溫熱的可爾必思，一點點的甜，也就夠了。就這樣沖沖泡泡，一瓶濃縮液見底時，恰好冬天也結束。

腹

少年不識愁滋味，更因為離老病之苦尚遠，多半未嘗到肉體之痛。不過自青春期以來，每月的生理痛卻常為許多女孩的煩惱。生理痛來腹部全方位的擰絞、悶窒，伴隨頭暈、無法集中精神，身體同時感受到沉重與飄忽。

國中時，母親尋來偏方，用小電鍋熬煮中藥湯水，每晚要我和姊姊喝下，卻從不見效，仍飽受每個月天昏地暗的腹部之痛。

生理痛雖不是病，痛久了也就知道如何忍過去。或者知道，忍過去就沒事了。忍著去上學，忍著去工作，忍著走路騎車趕車，忍著看電影和朋友喝茶聊天，夢中忍著痛睡過天亮就能撥雲見日。痛於是也漸漸淡化成日常的一部分。

印象最深刻的是一次和友人日本旅遊，照例又痛了起來。

那日我們自福岡市中心搭JR，轉車至位於郊區的「太宰府」訪天滿宮。去程車間人少，冷氣放送下手心撫著腹痛，昏沉。到站後，夏季午後微雨短暫壓制住酷熱，街道寬闊幾乎無人，街旁店家半歇，自有悠閒。但腹痛加劇，為了不影響朋友的遊興，我轉往老街上的咖啡店休息，發呆度過半個下午，任由體內深處一波波傳來的痛感海浪般拍打。

振作後，緩步往天滿宮，慶幸半潮的地面吸納了暑熱，映著後人刻意保留古色古香的景致，長時間的痛竟帶來偏離的麻木，而引發夢遊的錯覺。

天滿宮中正逢祭祀時間，穿戴整齊的僧侶嚴肅而謙卑地舉行儀式，殿中悄然，彷彿有隱形的屏障隔絕欄外的旅客，連聲音都不許越入。

我在宮外涼亭久坐避雨，亭中屋頂繪滿奇異圖騰、神像或鬼怪，亭外是細雨簾幕。一群韓國遊客入內歇腿，此起彼落的交談如興奮的雉鳥，並共享著食物酒水。

這些和那些，都在腹痛帶來的夢中搬演著。

和朋友重逢後，雨勢漸大，我們已離開天滿宮，遊蕩到街的另外一頭，小巷中有日式雅致家屋和精心打造的庭園，有小巧水果攤，陳列色澤飽滿而甜膩的砂糖橘。後來，我們被迫在古庭園外躲雨，窄仄的屋簷下，輪流從門縫中窺視幻境般的絨綠園景，充滿神祕。

腹痛持續，腳步依舊沉重，一陣疲倦接著一陣疲倦，每一次都要將我拉進更深的夢境中。

我們怎麼回到市區民宿，晚餐吃了什麼，全無記憶。

那一日，我如蛇，用肚腹走完全程，因而記憶如此清晰。是我，又不是我，去過了又回來。旅行的細節被揉合成同色的團塊，在腹中，很久以後才消散。

青春期前，最愛家人出遊時的傍晚時分。我們難得的被框限在緊密的空間，窗外是暮色與即將披蓋而下的夜幕，車內是大人低聲交談嗡嗡如唸咒。因為累了，我在後座半睡半醒，多麼希望車能永遠這樣開下去不要停止。

此時，車子是溫暖腹部，我是捨不得出生的胎兒。

神經病

那是人與病尚無明顯分野的年代。

人們普遍對基本的尊重尚未建立，因此用更大的漠視來面對，形成視線的空白處：誰都知道在那裡，但由於還不知道如何談論，於是避而不談。

因此經常能見到全身髒汙、年輕卻顯老態、頭髮髒亂打結如髮辮、衣衫不整而幾乎無法蔽體的男子，在家的隔壁巷子出沒。有好多次，他逕自扭開街角騎樓人家的水龍頭，舉起橘黃色塑膠水管，脫得赤裸裸，洗澡。母親騎淑女車載年幼的我經過，老遠看見就朝著後座喊，不要看。

不要看。

母親不在時，我和姊姊互相捏著手，好似為了壯膽一般互相叮囑著說，不要看。又好像撇頭不看，就不存在。

但他終究在記憶的顯影板上刻下模糊但無法磨滅的身影，不容否認。

嘴裡嚷著不要看的同時，壓抑不住好奇，躲在安全的臂膀後面覷著。那通常是日光明亮的下午，騎樓的二丁掛磁磚整潔樸素，萬物皆能坦蕩蕩曝晒，就和當時的人們一樣。然而赤裸的身軀卻用不拘的線條擾亂該有的秩序，彷彿從另一個次元投射來的幻影，夾帶深邃的奧祕。

有幾次，我從一蓬亂髮中窺視到他的眼睛。沒有大人說的凶惡、變態，反倒柔和無害，甚至帶有疲憊，像動物園久困的籠中獸。

以至於三十年後坐在透亮的圖書館內讀到中島敦的〈山月記〉時，現實與虛構的兩張臉孔不意疊合。

篇幅不長的故事，往往讓人印象格外明澈。這篇改編自唐代作品〈人虎傳〉的傳奇像一則隱喻，沒有過多的敘事或冗長的描寫，只簡單扼要交代詩人李徵因不得志，最終遁入山中，化為虎形，夜夜啼哭。

虎的意象鮮明，使人立即聯想到兇猛、霸道，但李徵所變成的虎卻不然。雖有虎身，卻不傷人，只是虎的模樣讓人卻步，因此更無人能接近易感的心，使得他陷入深深自困的境地。

比山林之虎更凶殘的，其實是他自傲的性格。在自尊與自卑兩把匕首輪番自傷下，只得拋卻掌管自我意志的理性，將心智讓步給混沌。

最苦的恐怕是清醒的時刻吧。到那時候，僅存的意志甦醒，見到自己一身不堪，而身上的兩把利刃卻遲遲無法卸下，傷口無法癒合，只好再次背叛自己，遁入意識的山林，既不見他人也不見自己。

不要看。因為那傷處與眼神會暴露人的脆弱，而無可避免的傾覆是具有何等的感染力，一不小心就會被攫住。

我一次次讀著，想到童年所見那雙溫和疲倦的眼，想到某部分還在黑夜山林中迷走的自己，想到某部分剛退去毛皮還不知曉如何雙腳站立的自己。

又想到，在月色掩映下，也許是唯一能鬆懈的時刻，不用偽裝，重新作為一頭失落的虎，不顧他人的眼光。

刀

她的日子過得真像一場做了太久的夢，可是她也注意到年月也會一眨眼就過去。

——張愛玲《雷峰塔》

還有兩天才放假，為了哄孩子於是經常說，你乖，等放假帶你去菜市場看阿伯削鳳梨。

終於等到放假，早上全家懶懶地起床，懶懶地梳洗吃早飯。一到外頭見到太陽精神才來了，又跑又跳，看池裡的蝌蚪池邊的綠葉帶橘紅邊，追著蝴蝶跑又撿樹下果子，玩得滿頭汗。我心裡想著孩子這下應該玩夠了，最好能吃完中飯沾到床就睡著，我才好做點家事和準備晚餐。

去買鳳梨了，我喊著。

這一攤只賣鳳梨，按大小分價格，太小的吃幾口就沒了，太大的飯後吃了撐肚子，我通常買中等個頭的。老闆說，先去買別的吧，等一下才能幫妳殺。原來是假日生意興隆，檯面上鳳梨賣到所剩無幾，老闆忙著開箱上架。

到隔壁菜舖讓孩子選愛吃的菜，豆莢、番茄、小黃瓜，要拉去結帳時又喊著要了一顆花椰菜。孩子搶著要提菜，幸好賣菜的阿桑不嫌麻煩，笑著說，小孩都是不會的時候愛幫忙，等會了就喊不動了。

輪到我們家的鳳梨要削了。Y把孩子抱得高高的，老闆短刀起落兩下，頭尾皆去，露出黃澄澄的肉，帶汁，看了更渴了。接著先削半圈皮，取塑膠袋套著，再削半圈，十來秒就成了，還一邊誇口他的鳳梨從潮州來，甜。是真的甜，上禮拜才買過一顆，三兩口吃盡，連盤子裡的殘汁都舔下肚。

市場對面過廟口，轉進鋪紅磚道的巷子裡有一家收舊貨的店，家電、玩偶、器械等，以眾物為背景，前頭擺了非常不起眼的摺疊桌，賣甘蔗。每個禮拜都路過，這次碰上有個婦人騎腳踏車來買才注意到。

削甘蔗也是好看的。

特殊的刀子，好像削果皮的刀，但尺寸長了許多。老闆削鉛筆似的，一邊轉動細長的甘蔗一邊快速刷下細長的皮，聲音也刷刷響著，露出鮮白的多汁纖維。每削一節，拿刀輕砍，甘蔗應聲截斷，不一會兒，塑膠袋裡裝滿整齊排放的甘蔗。孩子看得目瞪口呆，不明白那是吃的還是玩的。冰過的甘蔗放進嘴裡，猛力咬下一口，邊嚼邊吮著甜甜的汁液，既是吃也是玩，是如今不再常見的童年記憶。

還喜歡看人賣四神湯。攤子中央是熱湯，鍋蓋一掀，老闆的雙手在熱氣騰騰裡如施法，高高拉起事先煮好的鉛白色豬腸，快刀剪成小段，落入盛好的湯中，再添一撮味精。做孩子時不只一次拿色紙裁成長條，模仿剪腸子。

孩子是不許碰刀的，因此愛看大人拿刀，特別是使刀時專注的神情。

孩子的年歲也像刀切，一截一截地沒去，一截一截地抽高長大。愚鈍如我，要到長大才明白，落刀的速度短，磨刀的時間長。

百葉窗

通常是無事的時候。但也不真的無事，而是在事與事的空檔，就像太陽懸在天邊正要往下滑，而你才轉身一晃，夕陽一溜煙就不見了的片刻。那也是我煮完飯、摺好衣、掃過地，準備接孩子回家前的三五分鐘。

家裡只有一處安裝百葉窗，面西偏斜。傍晚，從旁望著夕陽餘暉，像從舞臺的翼幕看著謝幕，知道一切將結束，總讓我被憂傷和幸福同時充滿。天氣好的時候，飽滿的橘紅光輝令人無法想像緊接而來的會是黯黑。窗外是一杯斟滿的雞尾酒，調和了高遠的天際與眼前的樓房，歸途車陣所發出奪目的車尾燈，則讓人聯想到杯中不可少的嫣紅櫻桃。在無法飲酒時，舉著這杯無害的酒，輕輕搖晃，彷彿能聽見冰塊的清脆聲響。

我要把這些記下來。

好幾次，我拿起手機拍照，拍透過百葉窗向外望的景色，拍透過百葉窗投進屋內的光線，但總是缺少最重要的一點點。

那是什麼？百葉窗於我，更神祕了。

有時家事提前做完，碗筷布置在餐桌上散發等待的氣息，可是離天黑還早，陽光正烈，予人坦率、直白的印象。這樣好相處的陽光穿過百葉窗，映照在淺色磁磚上，是線條鮮明的陰影，其中並不涵蓋陰鬱或需要多加思索的成分，讓人倍感輕鬆。不過，這些也無法在照片裡留下。有幾次拍得不錯，影子和光都拍到了，但就是少了一點點。

或許不該拍這麼清楚吧，我想。

百葉窗用極其物理的方式把光線、景色工整分割，造成了斷裂、遮蓋，更加深了光線和景色的深度。當我躲在其後窺視街道時，因為整齊的葉片使我感到被隱藏，而更加大膽的窺探著。即使裸著身體。

是的，這扇百葉窗就安裝在浴室裡。

有時我會坐在馬桶上閱讀，只因深愛下午時分陽光從這扇窗照射進來恰到好處的明亮宜人，而單純地坐在廁所裡讀著。

雨天時，也因著窗上的葉片，使得雨滴的滑落不再這麼悲傷，而更願意把它們想作在充分勞動後的大汗淋漓，雨後自然帶來一陣舒暢。

儘管明知會失敗，還是會忍不住拿起手機，想拍下這些感到被了解的時刻，手機裡因此存著無數張意味不明的照片。有時候不小心翻到這些舊照，我又趁著空檔來到窗前，看看今天它將帶給我什麼。

風吹來，窗葉互相喀噠拍打，我會想起《純真博物館》裡因為迷戀上美麗售貨員，而即將與未婚妻分離的凱末爾，在為這段感情做最後的挽留時，他們睡在濱海的別墅裡，夜裡常聽見漁船上的父子捕魚聲。因為安靜，因為悲傷奪走睡眠，漁人父子的對話竟像近在耳邊。

而就像凱末爾戀物癖般終生收藏情人的物品，我想拍下的也不只是百葉窗，而是窗外悠閒流動的景色，是逝去不再回的吉光片羽。

木瓜樹

不管去到哪裡，都能見到木瓜樹的蹤影。

下班回家的路上，彎進麵包店旁的巷子，居民硬是在水泥牆邊種了一株，不大不小，幾片巴掌大的葉子撐出一片傘狀，旁邊綴著幾株不知名的植物。

孩子學校的門口也種了一株，紅磚地上圍出的小菜園裡，就在魚菜共生的池子旁。本以為大概結不出果了，沒想到隨著每天接送進出，竟慢慢生出三四顆孩子似的長大了，只是一直也停在孩子的階段，青嫩嬌小。

還有哪裡有呢？

多著了。

我們一家子在路上亂晃，繞進巷弄裡散步，陪孩子消耗體力，總出其不意地遇著。有些才到膝蓋高，好些已經冒出牆頭，竄出屋頂，遠遠地伸出枝葉，好似獻寶將纍纍碧果串成的珠寶墜飾高高舉起，也像是默默飄揚著翠綠的旗幟在宣告著，這裡有一戶靜靜生活的人家。

這些人家多半散發隨興的氣息，隨手能取得的器皿，好比手把壞了的水桶、用完的油桶、保麗龍盒、塑膠盆，都能拿來栽種。種在家門、牆邊，稍微讓出一些的空地，沒有空地就霸占住路邊，只為了種上一株木瓜樹。

木瓜圓嘟嘟的橘紅身軀有種肥胖的喜感，肚腹裡包著黑溜溜的籽，一剖開便滿滿地溢出，並不特別隱藏，是熱情南方的坦然豁達。聽說這一大把的籽去膜後，都能往土裡撒去，木瓜所象徵的豐富都讓這些種籽揮霍著，不用

幾天就能繁衍成一盆翠綠的幼苗。

怪不得到處都是木瓜樹！

去探望父親的路上，先經過滿是砂石車、水泥車的交流道，幾座加油站、新車展示中心，最後轉進河堤旁，高高的土坡將天空捧起，畫面潔淨。偶爾有人在上頭慢跑，筆直地朝向不知名的終點前進著，我們都說這裡像極了村上春樹筆下的場景。過了堤道，轉彎處是一座用鐵線、彈簧線圈圍成的雜亂園子，除卻昂然的亂草，靠馬路的圍欄也栽了幾株，驚奇地肥碩繁多，忍不住擔心細瘦的樹身是否撐得住。每回開到此處，我便喊著孩子快看，看到木瓜樹，就快到姥爺家了。

車速快，孩子經常看不過癮。沒關係，父親住的照護機構裡也種著。

就在餐廳旁，三株木瓜樹先嬌羞地開過乳白花朵，隔一週再來，已結成小而硬的綠果。每週來訪時，果子都長大些，像是和我們一樣期待著看到木瓜成熟，工作人員找來網子包覆，免去蟲叮。才這麼幾顆，怎麼夠大家吃呢？我望著餐廳裡的長者，他們老邁的腳步難踏進崎嶇的園子，但院方還是細心呵護著。

一直弄不懂為什麼大家瘋種此物，卻漸漸發現，有木瓜樹的地方更像個家了。這個家裡有四季肥滿的瓜果，豐盛有餘。

也像是著了此道，走在路上越來越容易發現木瓜樹，回家的路上就忍不住買一顆回家冰，晚餐切來吃。

耳朵

嘴巴是背叛的器官，耳朵則是忠誠的。

有時候會懷疑在兩者之間有其祕密通道，並不經過思索，話語的一進一出，大腦的篩檢器往往是使不上力的，等到回應過來時，話已出口。這時只能暗自祈禱掌管接收的耳朵是怠忽職守的，漏接了大部分的訊息，或是根本沒將訊息回報給腦部儲存分析。

在聚會間，我玩弄著盤中的食物，讓嘴巴忙碌地充滿食物，以減少開口。耳朵則像犬類般警覺地豎起，聆聽席間的交談。越來越多時候，我常常跟不上話題，最新的時尚、流行資訊、出國旅遊、美食餐廳，又或者是育兒規劃、職場升遷、菜價與婆媳，每當周圍的嘴巴快速開闔嚼動時，我便患了急性失語症。有時在座位上隱遁太久，偶爾急中生智擠出幾句，也接不太上別人的話，或是讓別人接不上話，像是從別處硬生生搬來的灰色鉛塊塞進編構好的彩色柔軟織物。

在更早以前，失語尚未找上我，還有足夠的自信加入人們的談話，我會大方地往交談的池子裡投遞想法見聞，讓池面泛起一圈圈漣漪，也濺起些無傷大雅的水花。但事過境遷後，曾經同席的人常常會在另一個時空道出我說過的話，我竟一點也不記得。次數之多，於是懷疑染上部分失憶。

我在自己說過的話面前全然的陌生，但又無可否認其中的構造、紋路與我身上的印記雷同。它們像不經意自身體飄落的頭髮、皮屑、細微組織一樣，留下屬於我的證據，使我不能提出不在場證明。我記得的，卻是極其枝微末節的小事，甚至不值得一提。

向來擅長描寫各種記憶樣貌的日裔英國作家石黑一雄，在小說《無可撫慰》中刻意採用夢境的敘事手法強烈干擾閱讀的理解，藉此成功重現人與人之間記憶的落差。即使是最親近的人，即便有大量的對話去填補中間的空白、誤讀、缺失，但話與話所搭建出來的橋梁在沒有穩固記憶的前提下，終究是千瘡百孔、岌岌可危，無法讓人順利抵達溝通的彼端。

在罹患失憶與失語之前，根植於童年記憶核心的幾個場景皆是我的多言而引發大人的反感，不斷地怒斥。那時我初體會到語言經過組合後所能達成的可能性之繁複、精妙，像是一個起點能同時指向千百條蜿蜒路徑，達成不可思議的飛升、下墜、滑行、跳躍等。

經歷一連串的失誤與修正，還能信任的只剩下耳朵了。

五官中，耳朵是唯一無法主動拒絕接受刺激的器官。我憶起幼時在廟宇中所見的佛，有一雙盛開如熱帶奇異花卉的耳朵，肥厚的耳垂彷彿是因為諦聽了信徒的祈願而沉重飽滿。

為了學習佛的沉默，讓閉上的唇和眼構成平靜的休止線條，我遂收斂起多餘的表情，配戴起一對簡樸的耳朵，細細聽著。

床

後來我才慢慢明白，無論再破敗荒蕪的房間，都該有一張像樣的床。只因為床是一個房間的心臟。

自己曾住過的房間，認識的人住過的房間，在都市的某棟公寓的某個樓層，總會有那麼一個房間，雖然形狀古怪，畸零得像用破紙片拼湊起來，或是豪奢得令人不敢過問價格，只要往中間擺上一張床，就能看透主人的祕密。

單人床或雙人床、枕頭的款式，乃至於枕套、被套和床單是否成對，還是卡通印花配牡丹富貴，甚至床邊是否擺了娃娃，還是堆著皺巴巴的衣物、幾本租約到期的漫畫、遙控器。

氣味又是其中最難以隱藏的。

有客人到訪，凌亂的住屋還能花幾分鐘粉飾，但床面上層層疊疊的布料猶如愛人一般每日擁抱翻滾，滿身的膩汗或是慣用的乳液全往那上頭塗抹，氣息滲進千千萬萬的纖維裡，賴也賴不掉。

再掀開被褥，沉澱在被單上的黃漬，經血乾涸的褐漬，某一次打翻了飲料、泡麵留下的汙斑，全都成為呈堂證據。

從前看王家衛電影《重慶森林》，王菲飾演的炸魚薯條店打工女子小菲古靈精怪，白日裡常趁著梁朝偉飾演的警察六六三值勤時，偷偷潛入他的屋裡。當時我總以為小菲戴起粉色塑膠手套是在替六六三打掃家裡，拂去塵埃，藉此拂去他失戀的傷痛，是隱晦的告白。如此單純的愛戀。直到重看時才赫然發現小菲乘機換了桌巾、拖鞋、牙刷，還將魚罐頭上的標籤紙掉包。她趴在六六三的床上，用放大鏡查看，不放過任何的「蛛絲馬跡」，只為了抓住與暗戀對象一絲絲在空間上重疊的機會。最後，她當然連床單也給換了。

不知是否是施咒般的伎倆奏效，六六三一次返家撞見小菲，竟不覺意外。

而那天下午，當我接到電話，她正坐在飯店的床邊泣訴著婚姻破碎、人生困局。在停滯的每一天裡徒勞跋涉，終於來到離家很遠的房間。

哭泣時，兩個孩子在床的另一頭遊戲，不時傳來笑語和賴著媽媽告狀的撒嬌童語。不過多半時候房間是靜的，倆孩子知道現下最好乖乖待在一旁，別吵。等媽媽哭完了就會帶她們去吃飯，去玩，去買漂亮的東西。

她哭了很久，斷斷續續，卻也停不下來。哭聲漫滮整個房間，屋裡的溼氣彷彿也因豐沛的淚水而升高，連外頭都準備隨時下場大雨。她和孩子躺在旅館全然白淨的床上，像是攀在一艘遇難的逃生艇，等待救援。

還記得剛搬家時，她如何挑選材質上等的床架，說是能用七十年不壞。床單是精挑的，質地高雅。床前是新婚照。

我問她，什麼時候回去。

晚一點的車。小孩明天要上學了。她答。

接著我就不知還能說些什麼，也不該再說。我想像在車站終點另一頭的她的家，未開燈的房中央的大床此刻正被黑暗浸透。

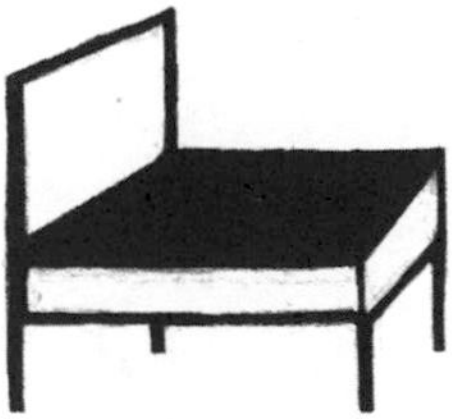

手指

張愛玲的名句曾寫道，「像我們這樣生長在都市文化的人，總是先看見海的圖畫，後看見海。」

我幻想，看見海的圖畫的同時，必定曾有那麼一個人，在旁邊為我們指出它的名，使得我們對那一片朦朧、蕩漾的藍有了清晰的記憶，並且依照耳畔響起的聲音記下。往後，當那道聲音再度響起，千百次響起，猶如召喚的儀式，海的形象便有了可能刻印在大腦之中。

曾讀過一名語言學家攜家帶眷進入熱帶雨林定居原始部落的紀錄。他邀請部落首領到小木屋，當著首領的面在紙上寫下幾行字（首領尚無法理解書寫，寫字的行為好似神奇的儀式），再請人將字條拿給正在廚房的妻子。不久，妻子用托盤端著一壺熱茶和點心出現在房門口，首領第一次見識到文字的力量猶如巫術，而大為吃驚。

事物的名字本身是巫術，在日本小說《陰陽師》中得到很好的詮釋。在書中，名字是一種咒術，也是施以法術的通路，唯有得到名字才能對其加以控制。

沒有定義出名字之前，海與天與地，甚至與其中的魚蝦貝，在未開化的眼睛中並無明確的分野。

試想看看在公園裡，一群孩子瘋玩亂竄，但媽媽只要在旁邊的長凳上大喊某個名字，就會有其中一個孩子知道自己要挨罵了，或是該回家了，絕不會是其他的孩子。

陪伴孩子的過程中，重新體驗了一次從混沌走向明晰確立的過程。那一日的到來，彷彿《聖經》中首篇〈創世紀〉再現。神創造光，使黑暗被分別出來，「稱光為晝，稱暗為夜」，又「稱旱地為地，稱水的聚處為海」。起初，孩子不明所以的隨手亂指，我們也順口說出事物的名字，又或者是我們多事地在旁邊又指又說，孩子赫然發現萬物皆有名，便開始不厭其煩地伸出稚嫩的手指頭，從早到晚指著所能見到的各樣物事，期待我們回應。

後來，也許是在一次次反覆嘗試中，漸漸發現其中的規律。好比說，每當孩子手指著頭頂亮晃晃的東西，我們都會用舌尖頂著牙齒發出兩個清脆的聲音，他也試著張開小嘴巴模仿。當然，還要等很久以後，他才會認識到那兩個聲音，在紙上寫作「電燈」。

他把這兩個音含在嘴裡玩弄著，不時拿出來嚼一嚼，日積月累把物與名連結起來。接著又開始到處亂指，並且熱切地回頭望著我們的唇齒，想看看這次從裡頭會吐出什麼聲音。

在法國哲思大師讓・端木松的著作《宛如希望之歌》中曾提到，在人類出現之前的世界，雖有某些「什麼」存在，但幾乎算不上存在，「是生命為這個『什麼』帶來歷史，帶來各種各樣出乎預料的事件。」

而孩子的手指像一根魔杖，所指之處降下金色光芒，照在其物上，使它被看見，被承認，被歌頌。

衣櫃

大家都聽過的老話是這樣說的，女人的衣櫃裡永遠少一件衣服。先不管少的是哪件，精準地說，女人的衣櫃裡永遠都掛著錯買的衣服。

格子衫、條紋衣、雪紡紗洋裝還有低腰牛仔褲，這都還沒算上鞋襪，每件錯買的衣服都是一段記憶、一次誤認、一個妄念，加總起來就是女人的成長史。

十七歲時看了喜愛的女歌手ＭＶ，被她身上的高領毛衣下了咒，放假時在車站前的商場逛了又逛，只為尋到一件相似的。但年輕時候的冬季哪裡會冷得需要勒住脖子呢？況且我的肩膀太垂，背太瘦，無法將毛衣襯出漂亮俐落的肩頸線條，反而突顯駝背的毛病。不過最重要的還是臉蛋。我不是她，那個風靡港臺的性格女歌手。

女人就是學不會教訓，在一次次的幻想中，把自己扮成圖畫書中的公主、流行雜誌裡的模特兒、時尚雜誌裡的嬌貴名媛。但是每一次的扮演都是背叛。在鏡子中看見自己的背叛，映照出殘酷的真實，變身的魔法終究還沒練成。女人只好忿忿地脫下失去法術的衣裳，再次點燃另一道幻影，再次上街尋找。如同狩獵的原始人深信只要披上獵捕到的動物毛皮，就能獲得相同的能力。

又一個時期著了美國影集的道，撇下紅的粉的花的，只穿黑與灰。長輩看到總是叨唸，年輕人穿成這樣沒精神。後來乾脆連頭髮都剪短，表情也穿戴起無彩色，一副與世隔絕的模樣。

沒多久後，水鑽、紗裙、蝴蝶結席捲而來，每個女性（包括女嬰）都得有這些行頭才行。有時候一件不夠，得要好幾件，不同顏色、長短，彷彿街上隨時會搬演起大型芭蕾舞劇，女性不論在何時何地都要端出舞者的優雅姿態。我穿著精挑細選的杏色紗裙在生活中衝鋒陷陣，頂著大太陽趕路，坐在路邊攤草草解決一餐，有時又自以為偶像劇般地坐進咖啡店裡。無奈紗裙料子不透氣，常常熱得往兩腿上黏，又特別是洗久後，看起來像過氣的裝潢窗簾布，不久後還是換上耐操的牛仔褲。

女人的衣櫃風格迥異，互相矛盾。若是將衣櫃翻倒，全數排列起來，定是令人驚詫，天壤之別的衣飾竟會穿戴在同一個人身上。

但是也說不定會有那麼一天，女人突然決定不再變身，重新穿戴起真正的自己，或至少當下所認得的自己。

這兩年，搬家搬怕了。每次的搬離都是褪殼的過程，距離和重量會逼妳面對何者是身外之物，何者是不可剔除的骨與肉。替衣物找到新的主人後，拾起幾件穿來最輕省的衣服留下。所謂的輕省便是任何場合都能穿，沒有特色，顏色普通到可以忽視。

兩件毛衣過完一個冬季，又兩件長罩衫過完一個夏季。

其餘錯買的衣服就暫時擱在衣櫃裡，等待對的時間到來。

沙發

有十年的時間裡，我幾乎三天兩頭就經過那家修理沙發的店鋪，裡頭傳來釘槍霸道果決的砰砰聲響，劃破街口喧騰的車聲，像是截斷了習以為常的流動，嚴嚴實實釘成一片突起的風景。

店鋪外頭疊著成落的沙發骨架，有些上面還殘餘著舊海綿墊，發黃起皺，在太陽底下在風裡剝落。不多久，客人挑好布料，在師傅巧手下，塞上新的填充料，復又嶄新，誰也記不得它前些日子的老邁。在等待客人取貨時，它們排在店門口向著街上探頭探腦，像是穿著一身簇新衣裳等待父母接放學的胖娃兒。也有的特地綳上復古花料，好似大戶人家僅存的閨女，藏起身世在市井中低調度過餘生，卻掩不住風華。有趣的是，這些沙發通常是單人座。

我也得到這樣一張沙發。寬椅面，無扶手，圓弧寬椅背。朋友給挑了黑色皮面，坐了一些時日，搬家帶不走就送到我住處來了。常說舉家搬遷必得面臨耗損，不禁搬的與搬不走的都須割捨，才能換取移動的本錢。輪到我搬家時，總覺得這是朋友託予我的一則無聲囑咐，無論如何不能捨棄。

現下，客廳裡還擺著另一張長沙發，二至三人座。忙起來時，一天過去都沒機會往沙發上靠一下。一回家就得趕快整理剛買回的菜料、替孩子洗手換衣，張羅每分每秒。幸好沙發是敦厚的，永遠弓著飽滿身軀，像不吵不鬧的小獸，等主人撫摸。

偶爾能趁著飯菜煮好、家事做完，家人回來前的片刻，躺在沙發上，卻一不小心就陷進濃稠睡意中。黃昏如一襲誘人的薄被，輕手輕腳覆蓋，放送著催人意志軟化的倦意。掙扎著醒來時，天光像被突然抽去了一大截亮度，暗下許多。

將醒未醒的恍惚之間，有時會想起日本青年歌人石川啄木在潦倒、孤獨、疾病中寫下的俳句。

為什麼
我會在這兒
有時突然感到驚訝凝視室內

此時的沙發是一列路中暫停的列車，在空間與空間的銜接處，窗外是荒蕪、遼遠，天際與曠野並不打算發聲，只是沉默等待。還不明確的時間是鐵軌鋪排而成的虛線，也許在等待將從遠處疾奔到來的會車，也許等候此時月臺上延遲發車的車輛駛離才能繼續進站，或是等待一隻於歸途中逗留在鐵軌上的野生動物，逃離。

登上高山山頂
什麼也沒做揮揮帽子
下山了

這時也會感到異常脆弱。生活中的瑣事之繁多，每天如高速列車迎面駛來，拖延不得。鐵軌為列車而生，為列車延伸，日常的運轉是排好的班次，日復一日維持循環，不可怠工。

好像等待著沒來由的金錢。

睡覺、起床，

在這之間又過了一日。

這些，沙發都鼓著身軀沉默地聆聽著，接受了。在不得不起身前，撒嬌似的再多躺一下，再一下。我刻意不去想起它們身體裡細瘦斑黃的骨架。

洗衣機

住家附近新開一間自助洗衣店，和原有的兩家相比，木頭質感的店面裝潢、深淺綠色盆栽、幾件別致的小擺設，頓時讓灰撲撲的街角亮眼起來。連對門老住戶都忍不住拉開鐵捲門，成群婦人搬著矮凳蹲坐在對面覷著聊著。

洗衣店總予人一種異鄉的漂泊。二十四小時營業的制度打破時間的疆界，敞著明亮的日光燈，製造出異質的空間氛圍。在城市一隅，整齊排列方正機械，像是被精準切割下來，不與真正的生活融合在一起。也因此，洗衣店在許多故事裡有著特殊地位：浪漫愛情劇中是邂逅的舞臺，懸疑片中是交易的祕密場所，驚悚的情節裡它的冷酷又增添一股緊張感，更多時候它稱職地襯托出專屬於都會的落寞孤寂。又因為無人看管，等待洗衣的時刻被放大成一張半透明的膜，把人緊緊裹住。

起先我們想，這一大片住宅區都是小家庭人口，像洗衣機這一類的家電想必早就必備，怎麼可能會有人特地來洗衣？開張那天，年輕老闆站在門口招呼熟人與新客，店中央陳設的簡約風木桌盛著餅乾點心，生意也就風風火火做起來了。

單身時，曾度過一段沒有洗衣機的歲月。直到一次搬家，才順道在舊貨街挑了一臺價廉堪用的二手品，迫不及待和同樣租屋在隔壁的朋友F分享，兩人為此興奮無比，慶祝著脫離手洗衣物的苦日子。特別是酷寒的冬天，蹲在浴室地板，雙手使勁兒擰絞著又溼又沉的牛仔褲，費了老半天，過多的水分仍沿著褲腳滴滴答答積成一灘濁水，要這樣過了好多天，褲子還不一定能乾透。

和舊貨行老闆講好價時，心裡暗想，這價格實在不貴，之前怎麼就死腦筋不知道要張羅一臺呢？洗衣機並不負責製造生活的驚喜、奇蹟，只是安靜地盹在通常是不起眼的角落，維繫著不怎麼了不起的工作，即便老老實實完成後也不會被稱讚。那時候是這樣地忽視生活嚴實的基座，卻又妄想在其上搭建出巍峨的高塔。

F後來固定每週來我家洗衣一次。若是我不在家，她就自己開門進來，若是剛好在家，兩人就一起煮點東西吃，也算是租屋生活的小樂趣。

因為從無到有的感受太強烈，洗衣機後來帶給我的幸福恐怕是超過常人經驗的。即使到現在，有時獨自在家，聽著後陽臺傳來洗衣機馬達穩定低沉的轟鳴，洗完後衣物散發的香氣，以及洗淨後像是宣告事情都有了新的開始，使我像神明一樣尊敬著洗衣機。

假日早晨，在公園玩過一陣，回程順便去新開的洗衣店坐一會兒。孩子對巨大、圓形的透明窗感到好奇，我們一起看著陌生人家的衣物在四濺的白色泡沫裡翻滾激盪，四周轟然地安靜。洗衣機不停轉著，我們也靜下來，有些昏沉，有些陶醉。

藥水瓶

終於熬到最後一天。

行事曆上早早就標註了這個日期，幾個月來的生活都像是箭頭，指向這一天。在這一天之前完成工作、提前寫完並寄出的稿件、回覆工作信件、交接等。在這一天之前，開始減少食物採買，逐一將冰箱內食材清空。昨天總算煮完最後一杯米，最後一把菜，一滴不剩。且在這一天之前把衣物洗好、晒乾、打包。

最後，倒空垃圾桶。

稍晚，將帶著孩子拎著行李，前往住院。過了這一天，隔日早晨要進行剖腹產，術後轉往月子中心，猶如為期一個月的家庭旅行。

之後，世界將展開新的篇章。

不過在這一天裡卻是無事可做的。送Y和小孩出門後，早上九點坐在床上發呆，想找點家事做，卻已做盡。其實六點鐘便已發過一陣呆，獨坐在客廳等著Y和小孩起床。又其實，清晨四點被肚腹中的小腳踹醒，再睡不著，無端緊張。

這一天過了，會是什麼樣子呢？

兩次待產的日子裡，幾乎都整天待在家裡，可以用平常看不到的角度來觀察日日安然棲息的家。

我望著無事可做的那片空白，熟悉而靜默的屋宇變得好大。陽光是樂意造訪的。透過每扇窗戶，不同角度，光在每個房間裡穿梭，輕輕傳遞著悄悄話。有時，我會放下書本，愣愣地對著磁磚地上的光著迷，久久凝視廁所裡百葉窗篩下的光，或者陽臺上的衣物正被光撫觸。

年初時，帶著剛學步的孩子回南部探親。阿祖坐在客廳前邊的燈下看書，門外是車站前的大馬路，霧面玻璃落地窗隱約可見路過的行人身影，彷佛一臺不會收播的電視頻道，在時光淘洗下影像漸漸模糊。我們問阿祖在讀什麼書，翻過書封一看，竟都是日本新生代小說家的作品。阿祖好潮啊，我們笑著說。

阿祖十二歲前上學認字，畢業後嫌繼續升學沒時間看自己想讀的書，就留在家裡幫忙。這是說法之一。實則緊接著出生的弟弟妹妹都需要阿祖這個長女幫忙看顧，在那個年代是常態。不久後光復，阿祖被安上另外一個國籍，但腦袋裡裝的還是之前學的字，故一生只看日文書。將近九十歲，仍定期到日文圖書館借閱書籍，舉凡館內的日本文學作品、雜誌幾乎讀遍，因此新人之作也照讀不誤。

阿祖在那座透天厝裡養大了無數個孩子、孫子。早幾年體力還行，她每日維持年輕時縫紉的手藝，轉動古老的裁縫機，用碎布車出小巧的零錢包、收納袋，分贈給來探訪的兒孫親友。

阿祖神情認真地說自己最近有進步，以前只要翻開書本，定要把書看完才肯去睡，常常因此熬夜。現在不同了，時間到了，就算剩下兩三頁，也會乖乖把書本闔上睡去。阿祖說的以前，不過是幾年前，那時也已八十多歲了。

看書、縫紉，剩餘的時間就看時代劇和相撲，或者一邊唸《玫瑰經》一邊看歌仔戲，祈求子孫平安。阿祖是否還有其他的願望呢？或是願望皆已實現，所以沒有更多奢求。或者，阿祖在八十多年漫長人生裡和神已建立深厚的默契，故無需多言。她就只是唸著唸著經。

我想我們都是甘於守在家裡的人。但是這樣的守著卻不是靜止的。

我和Y經常笑說婚後的日子好似愛麗絲在森林裡追著兔子，卻不慎跌入洞穴中，一路向下急速墜落，停不下來。墜落的過程裡各種考驗接踵而來，手術同意書、待付的帳單與罰單、待填的表格、證明文件與申請書，記得把衣物從洗衣機裡拿出來、記得買早餐的麵包、記得家人的生日與忌日、記得設定鬧鐘，半夜發高燒的孩子、夜半送急診的父親、拉拉雜雜的大病與小病，預訂車票、門票、餐廳、床位和入學名額，以及一些只有你我懂得的笑話與眼神。然而也是這些考驗在黯黑的洞穴裡照出可供辨識的視野，在一逕粗礪荒蕪的通道中標誌出方位，以此證明，確實正在不停地下墜中。

下墜，也是一種前進。

偶爾，真的是偶爾，獨自在家裡且所有的瑣事都已完成，因為不習慣這樣的閒暇，好一下子才確認了下墜之勢的暫停。這會兒，愛麗絲喝下桌上的藥水瓶，身體卻忽大忽小，總沒辦法適切地合乎房子的尺寸而笨手笨腳。有時急躁不安，困在過小的身體裡在過大的家具間忙碌不歇，吃力地搬動著過重的雜物，氣喘吁吁。有時拖著過於笨重粗魯的身軀，一個轉身便碰傷了家人，一個噴嚏就攪擾起龍捲風砸碎了房子。急急忙忙想再喝一口藥水時，瓶裡卻已經空了，只好一次又一次流下豆大的眼淚，想不到氾濫成災，淹沒屋裡一切。

總是在混亂中重建，在重建後又粉碎。重生，已是慣常，以及自動修復與癒合的超能力。

終於熬到最後一天，也是第零天。這一天過後，是嶄新的開始。

因為有前一胎的經驗，不須醫護人員多加說明便知道住院後的流程。我熟門熟路指了幾條血管，像指認曾走過的路，讓護士選了一條最清晰的插入點滴針。無聲透明的液體從高掛的藥水瓶裡流入我的身體裡，涓滴納入生命之海。有時點滴淤塞，護士捲起細管用力拉扯疏通，無聲的液體衝向血管，如浪濤轟擊。

Y和孩子已睡，時鐘指向凌晨三點，我醒來後再睡不著。

坐在床上翻讀日本小說家山本文緒的短篇作品集《三十一歲又怎樣》。一腳踏入三十歲人生的女性，或已婚未婚、或生子求子、或求職離職、或傷與被傷，看似二擇一的簡單抉擇之下，排列出複雜且無可取代的人生。我想起身邊的許多面孔，也彷彿看到自己的臉浮現在紙頁上。何其平凡。

不知道阿祖會如何看待這些活生生的小說人物。畢竟阿祖已經快活到第三次三十一歲了。

在那個名之為家的地方，我們努力讓自己合乎其身。在下墜的時候，預備猝不及防的碰撞。

護士來巡房時吩咐隔天一早得再測一次胎兒心音，加上術前準備，至少一小時。她轉頭看看床上半闔著的書本對我說，書不適合帶去，到時候得躺著測。

剩下最後幾則短篇趕路似的看完，好像當初急著過完三十歲前半的人生，向三十後半探頭探腦，愚昧地把所有的奢望都壓在不可知的未來。

然而命運給我的，比我所想的還奢侈。我以為草草帶過的那些歲月，不知何時已被裝載得豐盛有餘。

或許這就是阿祖不再開口向神多求什麼的原因？

轉頭望著病床邊的家屬床，孩子躺在Y身旁幾次翻身，發出稚嫩的囈語。他是否也會夢見追著時間跑的兔子呢？

兔子跑呀跑，終於熬完最後一天。

天，就要亮了。

肩膀

一九八〇年代，經濟前景一片看好，人人數著手中的大把鈔票。溫飽之餘，自香港興起的賽鴿活動颳進臺灣。同時，坊間悄悄流行起「大家樂」這種以明牌簽注的賭博。一時間，士農工商、男女老弱都吹起了發財夢。

在我家的巷子裡，住戶全是當時流行的透天厝「二樓三」（用樓中樓的方式，將三層樓的房子於夾層另多加兩層樓）的小家庭組成。進入一九八〇年代後，鄰里紛紛添購汽車，打掉原本雅致的小院落，外推成簡易車庫，加裝手動可伸縮的遮雨棚。至於頂樓天臺則照例加蓋成室內空間，可做神明廳或儲藏空間，或給長大的孩子做臥房。

住在斜對門的鄰居更在頂樓加蓋上再加蓋鴿舍。其鴿舍之華麗，每每在母親命我上頂樓澆花晒衣服時眺望再三，宛如微型宮殿，或巨型的娃娃屋，勾起無限幻想。舍中隔間繁多，飼養鴿子的男主人每到傍晚便擠進其間，高䠷的身材在裡頭忙碌穿梭，不久後便舉起紅色大旗爬上屋頂的屋頂，英勇揮舞，虎虎生風，呼喚遠行的鴿子歸巢。

不過母親常常私底下叮囑我，別接近鴿舍和鴿子，還不忘說三道四那個男主人有多遊手好閒、不務正事，不是好東西。好像怕我被那揮舞的紅旗給迷上而諄諄告誡著。

童年多半是這樣的，大人越吩咐要敬而遠之的事情，越教人感到目眩神迷。

一日，平靜的巷中出大事了。

養鴿男主人在照料鴿子時，不慎墜樓。奇蹟的是，自高處下落時正好被二樓的石棉屋頂和一樓的遮雨棚接住，因此阻擋下墜之勢，居然沒有頭破血流不省人事，只折斷肩膀。

鄰里間除了口耳相傳墜樓的奇幻過程，不多久話題便轉而討論這起事件所帶來的「明牌」。

那時候眾人求明牌盛，書局和雜貨舖每週賣新的明牌畫報。畫報上是各種粗糙不堪的塗鴉，畫中圖騰或角落會暗藏數字，能窺得其中奧祕的人便能獲得天啟或高人指點的明牌。在當時缺少圖畫書的年代，我總被這些畫報吸引，細細端看其中細節，得到莫大樂趣。也有人轉往鄉野廟中求神明賜下明牌，以及從天地萬物、時局變動中分析而得之。因此墜樓事件猶如從天而降的發財機會，當然不能放過。

經過婆媽們討論，男主人被裹上石膏的肩膀看來好似數字七和四，至於如何組合這些數字，就各顯神通了。當然，最後整條巷子沒有人得大獎，不過大家也不以為意。

男主人的妻子後來頂下巷口的店面，擺起鹽酥雞和飲料攤，趕上了珍珠奶茶風行全臺的起點。傷了的男主人布置了一座茶具，成天坐在旁邊泡茶抬槓，這一傷養了三十年。三十年間，妻子靠小攤養大兩個女兒，男主人繼續泡茶抬槓直到白了頭髮。此間，沒再拈花惹草，想是女主人簽中的最大獎。

抽屜

一個居住空間裡，平均會有幾個抽屜呢？

我習慣每隔一段時間就把抽屜裡的東西都翻出來，重新檢視一番。說也奇怪，不管時隔多久，每次都能在其中找到該丟棄的物品。

過期的電影票、禮物盒的緞帶、想不起來該用在何處的螺絲、商品保證卡（但家電早已淘汰）、乾掉的膠水、斷掉的髮帶或沒水的筆……像是逃過上一場大屠殺，它們零碎、低調地藏身在家裡各處的抽屜角落裡，用一大疊發票文件蓋住頭腳，或是用更多已然派不上用場的雜物掩護。這時候我會立即趕盡殺絕，把它們全數掃進垃圾桶裡，讓抽屜空間恢復清爽。

也有一些東西明知無用、破損不堪，但因為有紀念價值，在去與留之間難以抉擇。它們從抽屜的這處移到那處，日久之後，被推擠到抽屜的底層、深處，漸漸成為抽屜隔板的厚度之一，終於被視而不見。那又是另一種遺棄。雖然還在，但已被忘記。

當抽屜關上後，無論是有用或無用之物，物與物之間的推擠紛爭、糾纏喧譁，都被徹底掩蓋，留下表面的平靜。令人不禁讚嘆，抽屜是粉飾太平的高手。

那一個晚上，我們女子三五人在餐廳裡酒足飯飽後，就著夜風的薄薄涼意，在路邊續著餐桌旁的話題。一些離去的人、一些帶不走的人，留下太多情感的遺緒，化成令人不敢駐足的街口、一部電影、惹人發笑的小動作、一個字，在日落後的城市裡四處飄蕩，使人發愁。有著漂亮鬈髮的K俐落地捲

好菸，用舌頭輕舔後說，妳們的心裡難道都沒有小抽屜可以把這些收起來嗎？而且是可以上鎖的抽屜喔。把這些無法解決的煩惱都鎖在裡面，日子照樣過下去。K嘴裡吐出繚繞的煙有一股甜甜果香，淡淡飄升，和她的鬈髮纏繞。

話題就在此結束，以後雖幾次分別見到那晚的女子們，但總是忙到沒機會再大夥聚聚。

那次聚會裡最沉默的M後來搬到很遠的地方，新的工作、新的住處，尋找新的人。放假難得回來一趟時，一邊吃著排骨飯，她一邊說著新男友。事業有成、房子也不錯，他家人也見過了，但是她搬過去住了幾個月，到現在只分到一個小不啦嘰的抽屜，所以遲遲不敢把自己的租屋處退掉。M一邊比畫出小小的抽屜，一邊翻白眼。

誰知道過不了幾個月，M就在遙遠的城市獨自步入禮堂，從此掌握了那間大房子裡的每一個抽屜。這則意外的喜訊是在上班時間傳來的，昔日友人們紛紛暫停手邊的工作，在網路群組裡叮叮咚咚道恭喜，熱鬧一陣後，又把手機收回抽屜裡，繼續上班。

至於K，她依然有好多個抽屜，好多把鑰匙，而且每次都下定決心把鑰匙扔掉。

拖地機

我是孤獨的，孤獨的。
我生而孤獨，
這樣的我是最好的！

——威廉・卡洛斯・威廉斯〈俄羅斯之舞〉

已經十天了。

十天前按下啟動按鈕，自窗邊的地板啟程，在冬日午後不合時宜的豔陽中，向客廳，向廚房，向臥房，匍匐前進。代替雙眼的是它前方的出水孔，踏出每一步之前先噴出細小水柱，像是要探測前方路徑是否可行，再謙卑地舔舐著冰冷的磁磚，一格一格緩慢移動，換取清潔。大方塊象牙白的雲霧花色地磚，如月曆本一般日子整齊切割成相同大小，是日復一日不變的生活；幾何拼貼的重複花色彩磚，是被允許保有的夢，跨越虛構的邊線無限延伸。

一如沉默的行者，它穿梭在家具之間，細細探察生活的蛛絲馬跡，在這形形色色的地磚上誠誠懇懇地爬行。而我則極力學習將自己修剪得更工整，在日日月月中不停歇地前進著。

因此之故，我經常在啟動後便將它遺忘，直到在家中出其不意之處撞見它已耗盡電力停擺，復又成為一具無生命的機具。

倘若它擱淺在視線之外時，要等上好一段時日我才會再想起它。通常也是它再度開工之時。

這也難怪十天過去了，這當中的每一天我日出而作，餵奶洗衣煮飯倒垃圾工作及奔跑，日落還未能歇息，終於在好不容易把孩子餵完最後一頓飯跟著吸吮奶嘴的規律咀嚼聲沉沉睡去。偶爾，觸電一般從腦中閃過，想著該找時間把拖地機給找出來充電，然而轉瞬間就被下一波襲來的家務捲走，什麼也記不起來。

有一兩次，夜已深，我全身趴在地上貼地張望，瞧見它好端端在沙發底下，可我伸長了手臂就碰巧差幾公分搆不著，又見它睡得好好的，就順勢推託給明天再說吧。

還有幾次，坐在沙發上摺衣服盤算著等一下要先煎蛋還是先炒菜，知道此刻它就在正下方，卻決定繼續忽略它，讓它就這麼靜靜待著。不被人發現不被人需要地，待著。我想像它是自我身剝落的一部分，代替著我，像童年玩捉迷藏，從躲藏處窺視著外頭的人，聽著那些日常熟悉的聲響沉浸在其中，卻又不在其中地逸出日常的管束而被黑暗所保護著。

就這樣，十天過去了，甚至更久。最後我滿懷歉意地用衣架把它勾出來，推著它重新返回日光燈直射的方格地磚上，再次數著日子前進，並暗自期待下次的藏匿之日。

也因此，當我讀到〈俄羅斯之舞〉時甚有同感。在家人陪伴下何其豐盛且安逸的生活裡仍會有片刻偷偷懷念被孤獨圍繞的獨處時刻，甚至忍不住趁家人熟睡時，擺脫束縛「又醜又怪的光著身體跳舞」。儘管如此，卻也能同時轉身擁抱幸福，既孤獨又快樂著。

就在這片黃色窗簾的陰影下——

誰說我不是呢
不是這個家的快樂天才？

喙

小池塘位於三棟醫學大樓之間的畸零地，池塘中央浮有兩座人造島，島上有小屋，是鵝的家。

長期住院的病患多半由家人或看護推著輪椅，腿上蓋毛毯，配戴毛襪、毛帽，如任人擺布的毛獸，在沒下雨的白日零零散散聚在池邊，看鵝。他們多半無語，只是靜靜看著，比風景更靜止，像是陳列在池邊的靜物畫。

人工飼養的鵝個個肥碩，雖然擺晃著兩隻短蹼，但走起路來頗具氣勢。游在水中時反而收斂起銳氣，顯得一派與世無爭。無論是黑鵝、白鵝或雜色的鵝，都有長長的脖子。由於美好的線條，使得每隻鵝看來好似微微仰著頭，精神抖擻。又因那線條的柔和，鵝看來都優雅。

唯有鵝面上的喙，顏色深沉如墨，於是看來堅硬無比，牢牢地嵌在頭的前端，固執地指著前方。喙占據頭的大部分，只留下小的空間生出眼睛，因此又像一只面具，凝結一切成具體又堅實的型態，因而看似毫無表情。

聽說鵝的脾性是凶的，如果感受到敵意，會毫不留情地以喙啄擊，能輕易將人咬傷。即使在遠處看著，仍能感受到喙的威脅。

喙，若用來比喻人，通常具有多言、善辯的意思。但站在池邊一個下午，鵝只是靜靜沐浴在日光下生息，偶爾梳理羽毛，隨即又恢復悠閒模樣，不在意被當作玩物觀賞。

池畔的病人與家屬都戴著醫療口罩，像是另一種喙，口與鼻被隔絕在那一片工整的長方形之下，使得每個人表情看來都一模一樣。可能因為這迫於無奈而生出的一致性的表情，讓人失去閒談的動力，於是沉默。又或者，因為這一片長方形體貼的遮蔽，讓人免去勉強談話的勞累，可以隨心所欲地面無表情，放任目光飄移，所以有友善的鬆散之感。

在日本，女性出門素顏是失禮的行為。但晨間梳洗實在累人，還要細細描畫眉毛、眼影，抹上近乎透明感的粉底，搭配合宜服裝，更耗心神。如遇到不想化妝出門的時候，只好戴口罩。

自 SARS 事件，口罩成為熱門配件，各種功能、顏色、造型都成為商機。就連選舉期間，候選人發送的文宣都附上一只口罩，因此也就收下了。

比起多言的攻擊性，戴上口罩後所形成的扁平、無缺口的喙將溝通的管道加以封閉，即使想要出聲，聲音也被壓抑而模糊，更具破壞力。

在過度溝通而無結果後，躲在口罩的後面，無須強顏歡笑，無須多言，就是一種表態。有時候會忍不住依賴起這樣的便利，恨不得口罩成為面部的一部分。

在眾人紛紛昏昏欲睡的時候，池畔來了一個比鵝更肥碩的病人，將身上的毯子攤平在假山下的草地上，又將外套權充枕頭，居然就地躺了下來。他的臉上沒戴口罩，大口大口呼吸著。

時鐘

現在，長針快要走到終點。在這之前得先把手邊寫到一半的文章收尾、回幾封信，電鍋裡有事先煮好的排骨湯、冰箱有昨天預做的涼拌菜。還有十分鐘就一定得出門接小孩了。

關掉視窗，再次抬頭看看牆上的時鐘，還剩下幾分鐘？

時鐘居高臨下，是權威者，擁有計算的絕對掌控權，精準是它的座右銘，以此鞭策人們。它並非將時間如箭矢向前射出，而是一路倒退。每一次，長針回到終點的一瞬，是下一個起點的開始，又一次倒數計時。

它也有仁慈的一面，在圓形的鐘面上繞圈子，即使錯過了這一輪，還有下一輪。這場遊戲永無終止。

一天裡，平均會看幾次時鐘？我是如此仰賴時鐘，在它的監督下，把零碎如積木的行程兢兢業業排列成某種堅固的矩陣，好放進它所規範的範圍內。也曾哀求過它些許通融，稍微放慢腳步，卻被無情拒絕。所以，從沒想過會被它誆騙。

明明過了平常的入睡時間，孩子卻還精力旺盛，用剛學到的新詞彙趴在小床邊抗議，想要多爭取幾分鐘遊戲。時間慨然應允。我們拖著疲憊的身軀，房門外還有成堆的家務待處理，卻只見時鐘模仿起剛學步的孩子，慢慢伸出腳丫子試探性地往前踩，偶爾還搖搖晃晃地擺動，在前一分鐘上頭賴著不走。那一刻我相信時鐘是聽命於孩子的，他們串通、共謀，像玩黏土似的把時間搓揉、拉扯、纏繞變形。怪不得孩子從不需要看懂時鐘。

或者，我們該向孩子學習，勇於挑戰。長針是封鎖過去的柵欄，當它橫掃而過時，需要的是跨欄選手的跳躍能力。一個大跨步，起跳，回到過去，我看見另一個自己正在匍匐前進。

波赫士在短篇小說〈另一個人〉裡寫下一則似夢非夢的奇遇。七十歲的老波赫士坐在河邊的長椅上，腳下河水滾滾流逝如時光一去不返，此時卻發現長椅的另一頭是同樣存在於另一個時空中年僅十九歲的小波赫士，於是兩人展開一段交談。

這當然是不可能的事情，但波赫士擅長在紙上玩弄時間，這一次他把紙張對摺，使兩個現實中不可能相遇的點疊合在一起。

令人失望的是，自己並不會比較了解自己。每一個人都只能代表此時此刻的自己，因此對不同時空點中的自己而言，貿然出現的另一個只是「對方漫畫式的仿製品……說服和爭論都是白費力氣，因為它不避免的結局是我要成為我自己。」

最後，為了證明曾有過的相遇，兩人交換身上的物品。但在離別前，小波赫士把印有未來年分的紙幣撕毀，老波赫士把來自過去的銀幣投入河中。原本說好的隔日再見，成為兩人之間永無可能實現的赴約。

現在，長針又走到終點／起點，我再次掏出一枚銀幣，投入不可見的河底。

香皂

很久以前看到電視節目介紹單身男子生活。因為經濟拮据，不得不在公共澡堂蒐集別人丟棄的小小香皂，捏在一起繼續使用。日積月累之下，香皂集合體已牢固得無法分開，被包裹在最核心的第一塊肥皂是什麼樣子什麼味道，已經無從得知。

我家的香皂雖不至於層層疊疊合併數塊，但為了節儉，舊的香皂小到已經捏不住，頻頻從滿是泡沫的手中滑走時，母親規定拿出新的香皂時，一定要把舊的香皂沾點水，黏上去。我最喜歡家裡放香皂的抽屜，只要一拉開，就能聞到芬芳的香氣，清潔而幸福。就連放在一起的毛巾、牙刷也充滿濃郁的香，甚至香皂的包裝紙也跟著幸福起來。但，只要把舊香皂黏上去，新的香皂也失去「新」的意義，而立時變成一塊不舊不新的香皂。

那幾年，村里鄉鎮經常舉辦聯歡晚會。晚會的高潮就是摸彩活動。每逢這個時刻，不用等最後開獎，我們都有預感絕不會中獎。不知道是否因為這股窩囊氣使然，果然每次都只能領到參加獎，香皂一盒。

我們一直都是用香皂洗澡。

直到有一次堂妹從北部來家裡玩了幾天，洗澡時發現我們家沒有沐浴乳，指著皂盒說，那不是用來洗衣服的嗎？當時我不在，是過後姊姊沉著臉告訴我的。受了這番話的刺激，那之後，我們夢寐以求能擁有一瓶沐浴乳。瓶身上面又紅又粉的花瓣、又蓬鬆又潔白的泡沫，還有若隱若現的吹彈可破的肌膚，讓我們相信用了以後就會從頭到腳煥然一新。

好不容易母親答應，在姊姊的帶領下，姊妹倆終於買了一瓶沐浴乳。不過用了幾次以後因為不習慣，還是默默換回香皂。

更小的時候，每晚睡前，母親坐在床頭，自梳妝臺裡拿出精緻的罐子，用指尖挖取乳白的面霜，塗抹在臉上。接著，又將殘餘的面霜仔細用雙手搓揉，直到手心手背都發熱，面霜的香帶點牛奶的氣味一下子就散開來，她總是用這雙手摸摸我。

那時的我那麼小，總是依附在母親身旁，聞著她的身體。

以後，很少再聞到這股味道，即便該牌的面霜後來再生產的產品都不能散發當年我所記下的氣味。唯有在浴室裡，用香皂塗抹洗淨全身，熱騰騰的水氣將那股香氛蒸騰滿室，一身的倦意、一日的喧擾都被抹去，此時只有香氣覆蓋的寧靜與滿足，而身體卻是清爽甚至帶點乾澀的，宣告著一日的結束與安歇。

我沒有承襲將舊香皂黏附在新香皂的習慣，總是任性地直接取用新的，貪婪享受著新的。但偶爾還是會想起這個舊習慣，想到那塊又薄又小的香皂寄生般附著在形狀完美的新皂上，幾次使用後，漸漸融合成一塊。就像此刻，我永無法揮別舊有的，而是在每次的遞嬗更迭中，保留一些，增加一些。

網購

曾有幾次慘痛的網購經驗。

明明模特兒穿起來顏色與線條都美，但為求謹慎，反覆端詳材質的局部圖，比對鈕釦與縫線的放大圖，像辦案的探員。好幾次，關掉網頁打算放棄。但是下次打開電腦，同樣的廣告又會陰魂不散盤踞在頁面的周圍，或是不時彈出視窗，像極了迷魂陣，一座只有入口沒有出口的虛擬商場。

就買買看吧。禁不住誘惑，還是買了。

接下來的故事就和網路上眾多抱怨文一樣。從拆開包裝起就知道整件事完全不對，怎麼看都不像照片上的那件，穿上去後連是不是衣服都很難界定。對鏡一陣錯愕，氣憤地塞入衣櫃底層，久久不想面對。

撞衫是常有的。

搭車時想著前兩天看見那件正巧在折扣的襯衫，不買可惜，回家就下單吧。正這麼想的時候，抬頭一看，眼前的乘客身上就穿了一件。再過幾天，又遇上一件。彷彿要演繹物的分身術，那一季裡前前後後共巧遇六件，慶幸自己晚一步下單，免去成為影分身的一員。

說起來網購的先驅之一，便是一代文豪森鷗外的掌上明珠——森茉莉了。她堪稱是明治時期的嬌嬌女，父親對她疼愛有加（根本是太超過了），年幼時享盡榮華富貴，吃的是昂貴料亭，且每年郵購下一季要穿的洋裝，從德國飄洋過海運到日本給她穿戴。這般倍受寵愛累積起來的氣場，使她到了晚年即便潦倒窮困，依然在文字裡理直氣壯得像是當年的傲氣小公主。

想起國小時班上流行的郵購。在電腦與網路尚未普及之時，每學期總有不知誰帶來郵購型錄，上面刊載讓人眼花撩亂的文具、小禮品等，遠比學校合作社賣的精美。下課時，一本型錄傳遍全班，好不容易輪到自己，每張小圖展演著遙遠的幻想般，充滿亮粉與亮片、機關、卡通圖案的小物件，闖入平淡無味的生活裡，向我們暗示另一個斑斕的世界，讓大腦迅速活躍起來。

買什麼好呢？先想好要買的，記在紙上，算一算零用錢夠不夠，過幾天後悔了，又重寫一張。反正等全部的人都看完繳錢，已是半學期。在依賴人工的年代，商品配送到貨，再分發到大家手裡，已經好幾個月過去。像我這樣迷糊的人，連買什麼都忘了，只記得擁著型錄前後翻看。因為遙遠，因為過程的漫長，也因為看了太多次，對每樣商品滾瓜爛熟，彷彿全都擁有過了一回，最後拿到什麼已不重要。

如今網購取代郵購。

雖說網購未必都是心碎的結局，可是被騙過幾次後便難再相信了。

只是人工珠寶散發的光芒是真的，歪斜的縫線與掉漆也是真的，就像經常脫線的我，也想假裝完美的一面。

後來，偶爾軟弱再次手滑下訂，也學會若無其事掩埋進每日的雜亂裡，假裝自己是如此堅強聰慧，不會被欺騙。

腰

世間不變的法則之中，最強大且不容違抗的莫過於長時間形成的累積。起初都是不起眼的、微薄、渺小、容易被取代地出現在面前，就像一條新的通勤路線、不經意的問候或舉手之勞、習慣性的觸摸留下汗漬等，充斥在生活這個紊亂的大容器裡，被各式各樣的計畫與變化攪拌著。

每隔一段時日，人們會不禁感嘆時光飛逝。驚呼與惋惜往往是因為赫然發現什麼樣的物事在不經意間已不在，或者被留下來，且從微不足道的模樣竟變成牢不可破。那是時間的一種展示。我經常為此感到深深迷醉，又從而生發出對生命無可掌握的茫然。

我說它強大，是因為它是眾多力量中最公正、無私的。沒有善惡好壞的分別，只是單純因與果的交互作用，就能海枯石爛、物換星移。因為日積月累的堆疊或挪移，所以獨一無二，且無可取代，於焉產生了意義性。

一旦事物原理於此相反時，如捶打空氣般，會頓感空虛。好比說大量的家務勞動。

凡投入其中的人都有所感，家務猶如薛西弗斯推石。揮汗如雨地細細瑣瑣、裡裡外外、反反覆覆、洗洗擦擦、掃掃拖拖，甚至看似無用功地從這處移到那處、買了新的丟了舊的，以及內心繁複地計算、分配、再重新計算再分配，在外人眼中看起來真像極了無頭蒼蠅忙亂，所能得到的成果不過是讓家中看起來「什麼事也沒發生過」，就和昨天、前天、「過去的每一天」一樣。

家務完成後的成果只能維持短暫一瞬，在家人回來後，又會瞬間回復到幾個小時之前。洗衣籃、垃圾桶不知怎地就滿了，流理臺則突然多了髒碗盤，冰箱卻一眨眼就空了，物品則逃離原本的位置而自由遷徙，地上冒出看了刺眼的頭髮與細碎灰塵。這一切，真有如石頭滾下山，絲毫不費吹灰之力。

做家事的人，每天都在滿滿的成就感與挫敗中來回努力著。

終於有一日，彎腰撿拾，劇痛自腰間發出，再沒辦法起身站直。直到夜裡，腰痛都不見減緩，以怪異的姿勢做著平日的慣常動作，甚至連睡覺時也只能弓著蝦背蜷在床上，每一次翻身都是驚天動地，當然一夜難眠。

隔日，再加劇，只得投降，急奔醫院。

換上寬鬆的綠色袍子，躺在冰冷的檯面上拍下照片，再回到診間。醫生拿著原子筆一派輕鬆指了指X光片，骨刺啊。說完，埋頭寫病歷。

會好嗎？我不死心地問。

不會，不可逆。醫生回以雙重否定。

好似為了回報我多年來對家事無用的抱怨，每一次將身體對折與拉直，每一回的使力，並不真的什麼都沒留下，並非回到起點。異常的使用在長時間演化下演變為身體的一部分，默默存記在脊椎的狹小縫隙之間，沉澱而後鈣化，終於成為實實在在的印記。

桌子

Netflix 開播《怦然心動的人生整理魔法》，整理大師近藤麻理惠在影片中到不同的人家裡，指導他們丟東西、整理櫥櫃與房間。我問Y，這些事情不都是理所當然的，何必要教？Y不以為然，堅持大部分的人對收納居家空間是無能的，只有我這類少數人才有與生俱來的能力。

擅長收納如我，用的大絕招之一便是，丟。

一旦櫥櫃抽屜空間不夠用，比起添購新的櫃子，不如把用不到的東西丟掉。另一方面，每當物品損壞，比起立刻買新的代替，反而該想想這樣物品真的需要嗎？

說來簡單，但仍會遇上丟不掉的時候。阿公的書桌就是其中之一。

住了四十年的老家請清運公司花一個白天就幾乎掏空，在即將遷入的房客同意下只留下幾件家具。為了能免於丟棄這張書桌，我鬆了一口氣。

老書桌在母親當年的執念下，硬是用來給我們讀書寫字。童年時不管配上哪張椅子，桌子的高度總是比剛剛好又多了一些，寫起字來像是趴在桌緣才能勉強搆到。又因老舊，抽屜常卡住，裡頭是木頭黝深的黑褐，放進去的東西就有種不想再用的感覺。

說起來，真是一張不好用的桌子。

每次抱怨起這張桌子，母親就霸道地說，是檜木做的，很值錢。但我們知道在母親心中更值錢的是，那是她唯一能思念阿公的物品。更糟的是，因為不服氣被嫌，母親自行重新上漆，讓物況雪上加霜。

就如齊邦媛所言，「人的一生在回顧中很像個失物招領處，裝滿了雨傘、眼鏡、圍巾、手套，別人看不懂的信，和找不到門的鑰匙。」母親明知用不上卻硬要留下的任性，讓桌子成為一份固執的存在，不管家裡的擺設風格後來幾經改變，硬生生地占有一席之地，讓人無法忽視。

幾年前因採訪的緣故，遇上家具修復的團隊。在他們的工作室裡見到樣式眼熟的桌子，細聊之下才知道這些其貌不揚的桌子其實分成兩種使用形式，其一為坐姿使用，其二為站立使用。站著工作的如掌櫃和魚市糶手。

言談至此，記憶如靈光乍亮般我記起母親常提到她那又帥又能幹的爸爸在兵仔市場擔任漁獲拍賣員，每日天未亮就出門工作，假日時喜歡種花。阿公在家裡闢出空地精心打造成花園，成為鄰里佳話，是母親心中最美的回憶。可惜的是每當母親跟我們說起這些往事時，只能指著被政府徵收後而修築的馬路，以及餘下的畸零地上形同廢墟的房屋，像是派對結束後吃剩的蛋糕般搖搖欲墜，而十個子女至今仍為這半片蛋糕的產權爭論不休。

至此，我就知道自己不該再進一步了解。因為每知道關於桌子更多的細節，越不利於之後的丟棄。

物件一旦有了故事，就有了靈魂，而靈魂是不能丟棄的。

牙齒

行事曆上記下日期，接下來只能忐忑地日日倒數。看牙的日子終於來到的這天，緊張得像要繳作業的小學生，深怕作業沒寫好要捱罵。不過，只是罵一罵那倒還好，壞就壞在半年一次的檢查若不通過，是要動「刀槍」的。

牙醫診所位在鄰近大馬路上的騎樓裡，樓上是密集式住宅，隔壁擠著耳鼻喉科和便利商店，對街也是幾家裝潢雅致的牙醫，都是看準這個地段人口密集。一間小屋擠一家人，一層樓塞五六戶，一棟樓上下疊了二十層，加總起來就有幾萬顆牙可鑽、可拔、可醫。

因為人多，樓與樓間相互堆擠，巷弄給填得歪歪扭扭，加上投機取巧的路霸違建，外推庭院和加蓋停車場，樓面像一口齒列不整的牙。人與車搶道，在牙縫間穿梭，潮溼陰雨則經年累月留下斑灰齒垢。而路上施工多年的捷運線道好似戴上矯正牙套，不知何年何月才能恢復美貌。

牙與齒原分別指前齒和臼齒。牙的金文如上下咬合的臼齒狀。齒的象形文字則生動描繪出一張咧開的嘴，露出上下相對的門牙。同在口中，齒專司撕裂、咬斷食物，牙專職磨碎，合作起消化的初步工程。

以牙齒來比喻，靠馬路的店面是門牙，能帶來高收益，是房地產廝殺的重點，帶動房價。我家的社區則在後排臼齒，雖然沒有撕咬的殺傷力，但是住戶們一住就是幾十載，靜靜消磨著時光。門牙掉了，只要臼齒還在，就還能吃得上一口飯，街坊亦然。店面一家換過一家，老住戶卻是常在。

張口咬人，是出自本能的防禦動作。

張愛玲的小說《第二爐香》最教人印象深刻的莫過於透著森冷光芒的「小藍牙齒」。不諳人事的妻子因自幼教養過度，將新婚之夜的親密舉措視為野蠻不潔而逃出家門，在社交圈引起軒然大波，使得安白登教授原本安穩的生活和名譽被美麗的小藍牙齒一口咬住，走向崩毀。眼看在社會上已無立足之地，安白登教授絕望的點燃瓦斯爐，就在火焰圈圍成的「小藍牙齒」漸漸隱去前，「突然向外一撲，伸為一兩寸長的尖利的獠牙」，那是一口命運的利牙，所勾勒的美好未來隨即被吞吃殆盡……。

張愛玲本人晚年則據說常抱怨牙不好，深受其苦。看來就算安然度過顛簸際遇，保得一口好牙，也是至關重要。

牙醫說我齒縫清潔不夠，透過X光片顯示已壞損的部分，眼看相差極些微的距離就要進攻到神經區，我束手無策躺在看診椅上被醫生訓誡，滿腹委屈。

看完牙，餘悸猶存，便忍不住埋怨起幼年時潔牙觀念接觸得太遲，幾顆牙已蛀壞，就這樣跟著我一輩子。每逢看醫生時都得回頭面對那些壞牙，像是隔一陣子就得遇上的惡親戚，每每悔不當初，擔心它們又惹事，成為我沒齒難忘的痛。

梳子

展示櫃裡擺放各色梳子，掌心大小，竹或木製。

竹製的樣式簡潔，編繩裝飾，長長的梳齒密密排列，功能性強，專為長髮。木製的模樣帶有稚拙童趣，梳齒短且粗而疏，功夫都花在梳柄上了，小小的握柄雕了幾張臉孔，大概是惦記著什麼人吧，梳頭的時候最適合想念。

在文物展廳裡轉一圈，最後還是晃到梳子這一櫃，忍不住盤算起如果可以的話買哪一把梳子比較好，正好配上旁邊的頭飾和衣服，一時眼花，竟把出土年分看成售價。誰教每一把都美得像藝術品呢？

梳子在器物發展史上從功能到模樣幾乎在最初就臻於完善，至今仍無太大改變。擁有整齊劃一的間距與長度，剛正不阿，不偏不倚到偏執的地步，只為了梳開分岔的、打結的、長長短短的一頭煩心事。

讓我想起她，總是隨身帶一把梳子。

每次見面都約在辦公室附近，趁午間休息時吃頓便餐，聊聊近況。商業午餐一份，飯少不要蔥花，節制地只喝半杯可以免費續杯的飲料，她便從小提袋裡掏出梳子，剔牙似的梳起頭來。乍聽之下沒什麼特別的，畢竟梳子本來就容易攜帶，而且女人為了愛美，什麼麻煩的東西都願意帶在身上。

重點在於她拿出梳子的方式。

學生時代就是常混在一起的朋友，她以樂觀隨和又正派受大家歡迎，分組時總是一馬當先拿下最難的部分，且自告奮勇上臺報告，寒流來時大家都想蹺課睡覺，她則是早早到教室替大家簽到。有幾次生理痛拜託她幫忙交作業，她也爽快答應，下課時還帶了一碗熱湯。是一個連生理痛這類人之常情的小病痛都不會有的人，內心好幾次偷偷讚嘆著。畢業後當朋友圈漸漸散去，不知不覺只剩下她還和大家保持聯繫，像是某種樞紐的存在。有時候是幾個禮拜，有時候隔了一年多，但每次碰面吃飯時她都會拿出梳子。一開始也說不上是哪裡吸引我的目光，回家的路上一再回想，才慢慢摸出一些頭緒，實在像是掏出刀的樣子。現實中其實並沒有看過別人從包裡掏出刀子，大概只在見過的電影裡模糊的印象或想像。美麗的女子為了自衛或尋仇因而藏刀於身，短刃正適合藏在懷裡或腿間，能近身突襲，不用的時候收在手袋，和香扇、梳子模樣相近，並不衝突。

可是她的頭髮並不亂哪。反而是我一頭亂髮，幾年沒買梳子了，要麼用手抓一抓了事，要麼用理髮店贈送的梳子敷衍幾下。不像她，不疾不徐，堅定且慎重地梳著，近乎虔誠地進行個人儀式。

幾根頭髮像是被削下來似的落在肩上，她沒發現。

梳子是公平的，從古至今，堅守每一道梳齒間距，沉默地梳理多又亂的煩惱絲。餐後走到店外，道別時，風用另一把無情的梳子吹亂她剛梳好的頭髮。

浴室

人有赤裸與浸泡的渴望，或許源於子宮中的記憶。但也可能成為噩夢的來源。

童年家裡的浴缸是當年時興的馬賽克磁磚拼貼而成。銅板大小的彩色磁磚順著水泥砌的缸體貼滿裡裡外外，為樸素的浴室增添色彩。上小學前，漸漸脫離在浴缸洗澡的特權，改成淋浴，浴缸成為家裡無用且最占空間的設備。

浴室原本緊鄰防火巷，當時法規不嚴謹，鄰里紛紛將室內空間外推，我家則在浴室後方加蓋廚房。浴室本有對外透氣窗，改建後未拆，總是半掩。

這扇帶給我多年困擾的小窗，是我心裡通往恐懼、害怕的洞口。洗澡、如廁時，總要頻頻回頭確認窗戶是否關好。因為無法上鎖，可以輕易推開，而最常如此惡作劇嚇得我尖叫的，是姊姊。這幾乎是她的生活樂趣。

不幸的是長年潮溼侵蝕，連門都壞得差不多，只消稍稍用力就能打開。洗澡時得騰出一隻手按著門，眼睛盯著窗，耳聽外邊動靜，原本該是密閉的隱私空間卻成了隨時可被洞開的險境。

更有一回全家到熟人的鄉下房子玩，一夥人在池邊撈到身長近八十公分的大魚，既不敢吃又捨不得放，大人商量後，最後竟由我家帶回。只能養在浴缸裡了。

閒置多年的浴缸這下搖身一變成魚缸。

一陣子過後，烏黑的魚身越來越少游動，鱗片、魚皮逐日剝落。偶爾用水瓢舀點水倒入缸中，魚吃力擺動虛弱的鰭，垂掛的軟皮隨水流漂動，有時又突然跳動，令人毛骨悚然。洗澡時，聞著缸裡的惡臭，總覺得魚的存在是一種懲罰與責備。

魚終於死了。浴缸再也不能用來泡澡。

小學畢業前，胸部開始發育，對自我身體的異常陌生讓我不知所措且難以啟齒。更加害怕洗澡時被偷窺。再一次，才脫去衣物，一時沒壓好門鎖，姊姊如願把門撞開並嘲笑一番。我裸身坐在浴缸邊緣哭了許久，用雙臂環抱剛發育的身體，對莫名的羞恥充滿憤怒與不解。

國中前夕的夏天，洗澡時隔著門板，母親用悲傷低沉的語氣告訴我落榜的消息。第一次覺得，再多的水都無法包覆我。羞恥感比之前鑿得更深，像用水泥砌成的硬物，掛在身、髮、臉上的水珠如同上百片磁磚將我覆蓋定型，把母親失望的聲音埋進身體裡。

我再次扭開水龍頭，讓水聲充滿浴室，牆上每片磁磚不負期待迴盪淫潤聲響，掩蓋哭聲。某一部分的我，就這樣留在裡面，沒再出來過了。

高中畢業前，家裡總算攢夠錢，進行改建。那間浴室被推平，管線重遷，另蓋了四間浴室。姊姊也已離家念書。

每天放學後，我坐在新浴室地板上，背靠著冰涼的牆，知道門鎖得緊緊的，誰也進不來，誰也不能逼我走出去。

好久好久，我把自己浸泡在裡面，悄悄打開塵封在心裡的那間舊浴室。

眼睛

初識地獄，來自漫長逍遙的暑假，與死黨遊蕩玩樂的美好記憶。

死黨家附近有一座香火鼎盛的武廟，正殿設於二樓，供奉紅面關帝君。廟埕正對菜市場，空曠方正，白日不做儀式時，閒擺著讓孩子奔耍。一樓平日沒太大特色，除了一落落光明燈，就只在元宵時展示民間故事花燈最熱鬧。

廟裡的地下室做一長廊，從一側進入另一側出，裝設成十八層地獄，冷氣開放。

每日胡亂吃過午飯，為了避暑，我們就往地獄鑽。長廊兩側是監獄般的隔間，分別是不同酷刑，施裝簡易的電動設備、燈泡。受刑的亡靈一日千百回機械式擺動、掙扎，雙眼無神望向遠方，火盆、火柱明明滅滅亮著奇異紅光。只要克服第一次的驚恐，就能感到其中的樸拙逗趣。

不知道守著地獄的阿伯是否感到厭煩，我們經常整個下午端著可樂冰淇淋下去閒晃，回到地面時被熱辣的陽光刺得睜不開眼，又是一陣亂叫，心裡頭是恍惚的，搖擺在虛實、陰陽之間。

過年時跟著母親上到二樓，規規矩矩拜過一尊又一尊神明。幾次不耐煩母親在神明前的嘮叨，遂遊晃，自昏暗窗櫺窺見未開放的屋內排列小尊神像，各有法器、衣冠與表情。其中最駭然的是靠近門邊的一尊，雙目間硬生生伸出一雙小手來，手心有目，睜睜地瞪視前方。因為怕，而不敢問，悶不吭聲回到殿中牽母親的手返家。

後來讀到《封神演義》，才知當時拜見的是甲子太歲中的金辨大將軍，不過這都是後話了。他原是商紂王的大夫楊任，因進諫被掘去雙目，含恨而死。死後冤氣不散，受仙人相助，空洞的眼眶長出手，手中長眼。此後，楊任的掌中雙眼不但能視物，還能分善惡、辨萬物，上觀天庭下查地府。這麼說來就是好人了。讀到此，不禁覺得放心，童年時誤闖仙界的疑懼才獲得解惑。

自古人類對眼睛的想像恐怕是器官中的首位。「看見」即是如同幻術般的現象，所見影響所想，所想牽動所見，人皆不同，帶來極大的分異。因此各文化中總有關於眼睛的極致傳說。

希臘神話中就有百眼巨人阿爾戈斯，從起先傳說的四隻眼睛，以訛傳訛至一百隻眼睛。這麼多的眼睛想來就全身破綻，不過據說優點是睡覺時不用全閉上，因此被宙斯喚來看守心愛的女人。可惜擁有百眼不一定耳聰目明，阿爾戈斯最後還是被殺，好險死後這一百隻閃亮的眼睛被鑲在孔雀的尾巴上，也不失為一個美麗的聯想。

近日則對眼睛越來越有所感。即使關掉手機、電腦，去便利商店、搭捷運、逛街、健身房跑步，都逃不過螢幕的追逼，那真要有一百隻眼睛才看得完。即便擺脫得了3C，卻逃不過視網膜上已成形的黑影，這恐怕是古人怎麼也想像不到的噩夢。

發票

引人瘋狂甚至成癮的遊戲，通常不脫數字的組合變化所構成。在0到9的魔性召喚下多少人終淪為賭徒。人的本性裡多少有傾向賭一把的本能，孩子在這方面的天性就更明顯了。好險孩子不能賭博，不過做點小小的發財夢總是可以的。

當統一發票還是長條形紙本模樣通行的時候，家裡有專門的抽屜放發票，裡面通常還有其他不知如何歸類的雜物如髮夾橡皮筋彈珠。等到抽屜滿到終於無法忽視時，對發票這個工作就會輪到孩子身上。既然中獎就有錢拿，何以大人自己不對呢？實則對發票真是枯燥，0到9的單調變化，前前後後換來換去，只要沒中獎，就是一串無趣的數字。有時候對完一大把，一張都沒中，原本背負著小小夢想的發票全數成為垃圾，看了就討厭。也有時候，僅差一個數字或是些微的順序變化就和百萬大獎擦身而過，只能捏爛那張印滿數字的紙片洩恨，繼續做著窮極無聊的發財夢。

兩百萬啊，究竟有多麼多呢？

在孩子心中，兩百萬和兩百元是一樣的。在一年到頭裡鮮少發生什麼好事，生日不會有禮物過年不會有天上掉下來的大紅包，零用錢永遠只夠買一包滿天星或寶咔咔，只要能中獎，就是值得寫進作文的大事。

但隨著有越來越多大獎，動不動就在路邊用特大紅字寫著上看獎金十億，吸引路人掏錢往那口深不見底的許願池一再扔錢，兩百萬還真的越來越不值錢。

大概意識到越來越沒人希罕，這幾年發票的蹤影越來越少見，搖身一變成載具。你看看，連名字都不一樣了，從給人無限希望的一「票」變成更強調實用功能性的「具」，應證了物質樣態的改變往往使得意義改變。

只要秀出條碼感應器一刷，購物紀錄送上遠在天邊的雲端，連自己買過什麼都不會記得，更不用自己對獎，再也不會有差一點成為百萬富翁的扼腕之憾。當然，與地下情人幽會的證據也在雲端，不用擔心遺落在口袋裡被當場審問得百口莫辯，凡事都能撇得乾乾淨淨。

難得中獎了。

更難得中獎的是實體發票。（雲端上的事都霧裡來霧裡去，中獎也是一通簡訊輕描淡寫，獎金由網路銀行入帳得悄無聲息）

拿著這張中獎發票晃到巷口便利商店，藉此難得吃吃看平常捨不得買有點貴的冰淇淋，不然，買瓶進口啤酒配下酒菜給Y難得奢華一回，一下子間覺得自己富裕起來，挑選起特價才會買的巧克力。

因為太難得了，一張發票只買一件東西有點可惜，最後有點小氣的買了家裡用完的胡椒粉、洗衣粉、養樂多和電池。抱著一堆商品放在櫃檯，遞出發票，想著回家時要跟Y說，這個這個還有那個，通通不用錢。

啊，真難得，發了一個七彩泡泡般又大又甜的發財夢。

馬桶

發明馬桶的人萬萬沒想到它會犯下共謀的罪。沒有任何人料到。畢竟馬桶一開始被發明出來是為了潔淨的目的，孰料因與汙穢至極為伍，而不得不染上罪的氣息。

我曾有過棗紅色的馬桶，那是多年前租屋處房東所裝設，配棗紅洗手檯。這顏色看了刺目，既不典雅，又跳脫了馬桶過往給人白素的形象，與它所司的職責相違背，不管怎麼洗刷總感到殘留著不潔。不過用久了之後，習慣一屁股往上頭坐，少了心思計較，也漸漸淡忘。倒是因為這暗沉的紅，彷彿掩蓋了許多不為人知的髒汙，免於辛勤的維護。

那幾年我經常坐在馬桶旁想事情，因此特地在旁邊擺了椅子。

獨居的人擁有特別多祕密。從一處搬遷到另一處，有些祕密被悄悄留下，鎖在背後的那道門裡，有些祕密被裝進行囊，在新居繼續繁衍。

至於與人同居者，是不便擁有祕密的。祕密像一件龐大而無用的家具，儘管精心安置，還是相當礙眼，時不時要絆人一腳，碰出一兩個瘀青。

有些人比較勇敢，決定把祕密藏在心裡，便在心上掘了一個洞。但是很快就覺得洞不夠，祕密像是天天在偷吃糧，淨是長胖，只好把洞掘得更深。他們一掘再掘，從此心口日日夜夜都疼痛不已。

不夠勇敢的人則經常苦於在屋裡找不到地方藏匿祕密，因為每件家具看來都彼此串通且長舌，只要別人稍加翻弄，便什麼都抖出來了。在屋子裡，唯一能讓人託付的，只有馬桶了。

一張圓闊的嘴，極深的喉嚨，且沒有人知道它通向何處，就算知道了也不願追索。最要緊的是沖水按鈕，像是一道不可反抗的命令，嘩啦嘩啦的旋轉帶動強大的引力，不論是非一併沒入，然後很快注滿清水，又是雨過天晴。

且馬桶被安裝在獨室裡，理直氣壯不該被打擾，不可被窺視。像是帶著一身罪孽進入神所庇護的禱告亭，全盤托出，並獲得赦免與清潔。馬桶是絕佳的傾聽者，終其一生都不會洩漏祕密，如果不放心，那就多按幾次沖水鈕，毀屍滅跡。

每個人都該有自己的祕密。生活是密合著貼上的白磁磚，工整有序，祕密是從窗外透進的天光，讓白磁鍍上一層糖霜般的光；祕密也是一兩條歪斜的接縫，使秩序之所以是秩序。幸好許多時候，祕密也像海明威所寫，「早上強風吹襲，湖水的浪濤洶湧，他醒了很久之後才想起自己的心碎了。」（〈十個印第安人〉）在大部分清醒的時刻，它並不張揚。

每個人都該有自己的祕密，如同基本的生理需求。只是祕密的傾吐也如生理所求，不是一次就能解脫，反而像是每日都免不了的排泄。

有時候當我轉身離去前，不經意回望，會看見馬桶裡原本沖走的汙水又緩緩上漲，一朵白蓮升起，浮於水上。

膝蓋

「用膝蓋想也知道」算是不帶髒字的罵人話。或許，不這麼明顯地罵人，但大家都知道意思。而且大家不說鼻子、肚臍、耳垂，偏說膝蓋。從「男兒膝下有黃金」曾經作為高貴尊嚴的象徵，如今好像膝蓋得罪了大家，成為全身上下最笨的部位。

早幾年，母親還會這樣說我，但後來就不這麼說。因為她的膝蓋越來越不好。

不過母親卻讓我見識到膝蓋的厲害，她光用膝蓋就能交到朋友。這正是我不擅長的。

膝蓋不好的那幾年，每次回家、接到家裡來的電話，就得聽母親絮絮叨叨如何如何痛，怎樣怎樣麻煩。大夥出門走走時，她會冒出一句膝蓋痛走不動，讓人掃興。上公廁時又說膝蓋痛蹲不了廁所。上下樓梯更是沒法讓人不意識到她的膝蓋。真要細說起來，她從早到晚都能找得到題材和她的膝蓋沾上邊，提起那股子痠疼。

以後再回想，當然知道自己不體貼，光是漫不經心聽過去，嘴巴也不肯敷衍幾句貼心話，難怪母親說了又說，為了就是能博取一些關注。但我那時就是連這樣「用膝蓋想也知道」的道理都想不透，只覺得不耐煩。

為了擺脫疼痛，母親還去到人家介紹的哪裡哪裡，讓醫生對準膝蓋打針，一劑要多少多少錢，貴得不得了，讓她心疼老半天。當然，這些也是我左耳進右耳出隨便聽聽的。

直到有一回和母親外出，不過轉身結帳的三兩分鐘，母親已經和旁邊素不相識的婦人拉著椅子坐下來，膝頭併靠著膝頭，有如重逢的故人般熱絡聊起來。原來婦人見到母親拄著的手杖，禁不住好奇攀談詢價，兩人遂交換起「膝蓋經」。往後我又見識過幾次母親因著膝蓋與人侃侃而談的功力。即便與舊識交談也不出此話題，於是我又從母親的口中得知了誰誰誰也膝蓋痛。

一時之間，我真以為女性只要年紀大了必得此痛病，而恐慌起來。

後來我發現，痛是真的，但更多時候她們是藉著這樣的痛進行情感交流。

因為生命中無來由的痛處太多，太難以言語捕捉，且缺乏傾聽的出口，於是便將那感受集中到幾乎沒有肌肉覆蓋保護的脆弱膝頭，細細體察當中幽微又不止息的痛。在那共同的痛感中，彼此慰藉，彼此治療。

我承襲父親的性格，不喜歡聊天，其實骨子裡連交朋友都覺得麻煩。自幼，所到之處都不是個好人緣的傢伙。深知自己難相處，曾經努力學習圓融，至少假裝和善。

這不討喜的個性大概就像硬邦邦的膝蓋，摔倒時，總是第一個磕著，總是最痛，最容易留下瘀青。

但或許因為知道那是最痛之處，我總不敢輕易觸碰，怕碰壞了，會留下永遠的傷害。在人際關係中總是逃避又逃避，久了就成了這樣缺乏彈性，走起路來喀喀作響的老膝蓋。

盒子

每次經過社區的資源回收區，都會忍不住覺得可惜。可惜的不是還半新的家電或還能用的家具，當然這些物品若適當清潔修理，轉交到需要的人手中是很好的，我可惜再可惜的是各種尺寸、材質、顏色的包裝盒，像堆積木一樣疊放在角落，等著被人推倒、壓平、回收。

從小我對盒子就有無法自拔的喜好。硬紙盒、鐵盒、玻璃盒、塑膠盒，小到只能放火柴盒、迴紋針，大到能裝冰箱、洗衣機，我都愛，都要忍不住探頭進去看一看，若大人允許，鑽進去摸一摸更好。

這些盒子打開來，四面有牆、頂上有蓋，是一方完整的天地。不一定要裝東西，只要看著裡頭真真切切存在空間，便很滿意。況且小孩能有什麼了不起的東西，非得裝在盒裡不可呢？蓋起來，握在手心，像是擁有了不被窺視、打擾、侵犯的私人領地，更加滿足。若真有什麼了不起的東西，就是藏在小腦袋裡的各種幻想了。

大概是從小沒有自己的房間，亟欲一個可供躲藏的地方，遂經常幽幽地看著置物櫃、衣櫃，想像能把自己整個藏在裡面，不做什麼地在裡頭待著，只要別有人來煩我就行了。

童年時，買回來的東西都用紅白塑膠袋裝，發出窸窣聲響。那時候鞋子、餅乾、小家電還不興用盒裝，用盒子裝的東西肯定是上等貨，當然不可能買。

偶爾在大人隨興施捨下得到一個小盒子（最常有的是喜餅盒子），就寶貝得不得了。我將辛苦蒐集到的彩色畫片仔仔細細收在裡頭，不用寫功課練琴的下午，坐在書桌下的地板，把畫片從盒子裡拿出來一張一張欣賞、排列、分類，再放回去。因為深深感到這是屬於「我的」而幸福著，心裡頭若有似無的不安也獲得短暫的安撫。

小盒子裝進中盒子裡，中盒子裝進大盒子裡，大盒子收進櫃子裡，櫃子裡黑壓壓的像宇宙一樣深邃。在那個宇宙裡，一層又一層四四方方的空間彼此套疊，彷彿可穿越時空的蟲洞，讓我墜入一個又一個奇思妙想。就如布魯諾·舒茲在〈肉桂店〉中所描寫的那個神奇之夜，「因為在夜晚幽暗的微光中，街道會不斷增生、彼此糾纏、互相交換。」我的盒子一會兒是花園與教室，一會兒是宮殿與夢之國度，壞掉的髮夾是權杖、缺角的湯匙是馬車，

「在那裡，這些虛幻的街道都有自己的位置和名稱，而豐饒、有著源源不絕生殖力的夜晚則不斷為這地圖加入新的街道，做出虛假的排列組合。」我在裡頭自由自在穿行，享受不受拘束的快樂。

我一次又一次沉醉在那樣的下午裡，希望永遠不要有人想起我，但總是在最盡興時，聽見大人的呼喊而不得不蓋上盒子。

沒有盒子可玩的時候，只好潛入頭上那個小盒子，沉浸在自己的世界裡。

電梯

嬰兒的哭聲究竟為何有這麼大的力量，能瓦解妳自身內外仰賴的秩序？那哭聲如暴風雨……如此急切、如此極端，卻又如此純潔不造作。那是聲聲責怪，不是懇求……哭的源頭是你應付不了的憤怒，與生俱來的那種，沒有愛、沒有憐，隨時可以把你連頭骨帶腦整個壓碎。

——艾莉絲．孟若〈母親的夢〉

社區樓下的大姊一遇見我就急忙揮著手神祕地說，這段期間天公伯看妳是一灘血水，所以出門一定要全身包起來，或至少撐把傘戴頂帽子，不要被天公伯瞧見了。說完，順手從旁邊的資源回收桶拿了一把傘給我。我們家雖無這些禁忌，但幾次遇見這位熱心大姊，她都氣急敗壞要我好好遵守習俗，我只好乖乖躲著，或至少躲著不要被她撞見。

關於月子的禁忌，是一則傳說，人人都不知不覺身歷其中，並且共同參與著這龐大的編纂工程。不過大致形成一個共識：月子如果沒做好，會壞了女人的後半輩子。不管是頭痛、腰痛、骨頭痛，或乾脆全身痠痛，以及伴隨而來的各種不幸，最糟糕的是帶給別人的不幸，都可多多少少歸咎於這關鍵的一個月。

後來我們找了一家月子中心，在商業大樓的其中兩層，最樓下是百貨公司，周圍有數間商業銀行，路口交通頻繁。然而屬於月子中心的範圍內，白日裡依舊燈光幽微，走廊上播放恰到好處的輕柔音樂，氣氛始終靜謐，夜間卻不見得會進入休眠，遺世而獨立。和外界唯一的交集是公用電梯。

如果住在樓上的房間，每天就有好幾次得搭電梯，把擠好的母奶送到樓下的嬰兒室。訪客來的時候，也得到樓下的會客室碰面。

住進這裡後，新手媽媽們會換上中心發放的粉紅色印花睡衣，所以即使在電梯裡也不難辨識。就算沒穿上睡衣，這些剛經歷生產的女人們臉上會有一股難掩的疲倦、欣慰，加上些許的恍惚與警覺，像是從森林裡闖進都市鬧區的小動物（當然，必要時她們可以瞬間變身成猛獸）。

那些脆弱的部分是美好的，但也有一部分是因為睡眠不足所致。

自從提倡母乳哺餵的優點後，許多親身經歷過的女人都有同感，當乳腺被源源不絕分泌出來的乳汁塞滿時，胸部會脹痛到「比生小孩還痛」。據說「洞兩洞六」是軍中慣用的說法，指的是凌晨兩點到六點的站哨時間。除了白天裡每四小時一次的擠餵母乳，專家指出，夜間是泌乳量最豐沛的時候。此說法一出，每位媽媽都被迫在半夜摸黑下床製造母乳，猶如另一種夜間站哨。

除了哺餵的時候，白天在房間裡經常能聽到有人扯開嗓門唱歌，透過薄薄的牆板傳來，多半是輕快的流行歌，即使分手也不悲傷，而是一曲曲的青春頌歌。我一度懷疑是走道另一頭那對年輕的夫妻在練唱，後來才知道，原來樓上是網路節目製作公司。

有幾次搭電梯遇到剛錄完節目的藝人或正要來練團的年輕樂手、經紀人，揹著樂器，手提硬殼器材箱，鬧哄哄擠進電梯。因為集結，他們旁若無人，彼此開著無傷大雅的玩笑，演練著曾在成人世界裡見到過的世故與應酬，企圖鞏固某些關係的痕跡明顯可見。

由於狹小的空間，我們不得不靠近彼此，卻又感受到強烈的隔閡在心中逐漸築起。只要眼角稍稍瞥向電梯裡的鏡子，彷彿就能看見過去某個時期的自己映照在其中：那時候的我銳利、不安、猜疑，用現在看來幾乎沒有太大效果的頑強抵禦一切。

然而當體內孕育出一個新生命後，因著強烈的對比，自身成為衰敗的一環，而由此不得不走向老化、坍塌、混亂。就像我當年用眼角打量的那些雙眼無神、髮型過時且穿著不合身舊衣的女人。

回到房間後，頭頂上傳來他們練團的聲響。女聲主唱故作成熟模仿慵懶的嗓音，唱了幾首爵士風的歌曲，尾音被刻意拉長上揚。

在很多時候看來，似乎只要選擇按鈕就可以去到不同樓層，卻不這麼做。並且深知日後會何等珍惜的懷念著這段經歷，那些疼痛，對新的身體所感到陌生的尷尬，以及從中走過的勇氣。

也許等過了很久以後再想起這些，像是看舊照片一樣隔著時間的河，而有莫名的安心，甚至能端詳起細節而不被勾起情緒。

月子的最後一天獨自在房間裡，想到即將回家面對的一切，一股恐慌油然升起。我知道這事永遠沒有準備好的一刻，或者該說，永遠都在準備中，時不時就得調整、再重新開始一次。

我坐在房間的床上強迫自己繼續讀著艾莉絲・孟若筆下的女人們，不去想之後。

只專注在她們所面對的抉擇，以及似乎是必然卻不帶著承諾意味的後果。

於是她就這樣，依妮德，任一生在忙碌工作間流逝，假裝事情並非如此。努力撫慰別人，努力當個好人。——艾莉絲·孟若〈好女人的心意〉

翻唱

你曾有過這樣的經驗嗎？獨自走在路上，不知怎地腦袋裡突然冒出一段旋律，不是路邊商家正播放的音樂，不是口袋裡手機的鈴聲，是從時光的長廊裡風也似的颳來，夾帶著模糊的記憶、幾句不確定的歌詞和幽幽微微的情懷，那首你不知多少年沒再想起的歌曲。

也有的時候，它好比換了一個人似，全新的編曲、造型、嗓音，新得讓你眼花撩亂，但一閉上眼睛，耳朵聽著，你知道就是它。好久不見哪！像是見到改頭換面的老友，忍不住迎上前去跟他打招呼。這些被重新翻唱的歌曲通常當年都是家喻戶曉的名曲，儘管過去不一定是你的愛歌，甚至聽見大人唱著都嫌沒意思，歌詞更是拗口又不帶勁兒，但也算耳濡目染，想不到就存記著了。

再次聽見時，你被時光洪流硬生生往前推移好幾步，走過青澀、任性、害羞、徬徨，那歌曲是時間軸中的標的物，清清楚楚刻劃出移動的距離。像是老家巷口的那根燈柱，有一天突然發現它變矮了，你長高了。你對它揮揮手，不知何時會再見。

又因為多年後再聽見，忽然使你明白童年時認識的大姊姊為何突然狠心剪去心愛的長髮，為何鄰居的叔叔經常醉醺醺的一把鼻涕一把眼淚，一邊哼著不成調的旋律。他們都說，等你長大就懂了？原來就是這一刻，突然懂了的時刻。

你禁不住心裡翻攪的酸麻苦疼種種說不清的感受，找到好久好久以前的原唱版，雖然髮型醜了點、編曲呆了點，可是從前覺得唱腔老氣的歌聲，突然間聽來千迴百轉唱出心裡一把亂糟糟的感動，也想起小時候曾見過那醉在歌聲中惆悵的臉孔。

因此儘管時光荏苒，經典的旋律不會害怕被忘記，它是少小離家老大回的故人記憶中的老歌，是不識故人的青年耳裡的新曲。

不過你還是偷偷喜歡它原本的樣子多一點。

它會喚起快樂的、痛苦的、難忘的曾經；讓你在茫茫人海中和某個人突然相視，發出會心一笑；讓你即使再忙，都願意放下手裡的事，坐下來聽一會兒；讓你暫時忘了年齡，又深刻地感受到年紀這件事。

也因此，當有人以為〈Hey Jude〉是孫燕姿唱紅的新歌，〈我只在乎你〉是王若琳唱響的新曲，你意識到這當中隔著多麼遠的距離，一陣意興闌珊，便不怎麼願意跟他繼續聊下去了。

「年華似水流／轉眼又是春風柔／層層的相思也悠悠……」你會戀著眷著那些歌曲，一遇到機會就搶過麥克風放聲唱著，不就是因為記憶裡有所相思與牽掛，但年華似水流，只好一次次在回憶裡翻著唱著。

奇怪的是，從前那歌裡不明白的痛，後來才漸漸明白，可是從前就痛過的痛，不會因為時間遠去而不痛，只是痛得越來越深，越來越幽微，像是不痛了一樣。

眼鏡

一條筆直的路遠遠通向視線底端，盡頭處立著一座紅色小屋。小屋時而模糊，經調整後，復又清晰、明亮。我雙頰緊貼著儀器，聽從小屋後方所傳來的指示話語，目光努力追尋小屋的蹤影，每在好不容易看清時，白色的門廊藍色的天空隨即又散成一片霧。

燈亮後，驗光師拿著剛檢測出來的視力結果應證了幾日來的疑慮，果然視力突然間大幅退化。

那一天終於偷得空閒，在巷口7-11點了一杯奶茶，正打算坐下來翻幾頁書本，紙上的字陡然間成了忙碌的蟻群，不停竄動，遍地模糊。起先我想是太勞累，只要休息一會兒就好。數日下來，雙眼像是疲勞戰鬥，不管休息多久都不見好轉，反而伴隨頭昏腦脹。可是我天性懶慣了，遇上身體病痛更是拖拖拉拉不肯面對。誰知道連吃飯時，碗裡的菜色都混著油光亮晃晃的，只能盲目地塞進嘴裡，一頓飯吃得心慌意亂。

好幾天裡，我賭氣似的書也不看，飯也亂吃，最後連眼鏡也不想戴了。

但這到底都是逃避，要替兩個孩子剪指甲時就緊張了。刀鋒和指甲緣比畫半天，下刀時還是多少要憑運氣，二十根手指頭剪完，已滿頭大汗，還有二十隻腳趾要剪。剪完指甲，還要剪頭髮呢。

洗菜時，菜蟲乘機欺負人，一個比一個會躲，特別是青花椰菜總要檢查再三，菜和蟲的翠綠相疊，目光混濁實在難辨，只好亂槍打鳥，常常一顆菜洗折了大半。

不過這些還不是最要緊的。

終於有一日赫然發現，懷裡餵著剛出生的孩子時，張著骨碌碌圓眼睛的小臉也閃閃爍爍。這下可不得了了，連孩子的模樣都看不清。隔日一早起床，火速前往眼鏡行報到。

雖然早聽說孕後體質的改變，有人是頭髮大把大把的掉，有人是牙齒一顆接一顆壞，腰痠背痛頭痛的不算少，視力退化也常聽聞，卻沒想到會輪到我。說白了，就是老花眼提早報到。雖然配了新眼鏡，幫助仍有限，遠的看不見，近的看不明，只能算是馬馬虎虎應付，平日就在家附近轉來轉去，都是熟悉的路，不敢走遠。

為此，順勢戒了上網「亂看」的陋習。誰打了卡誰結了婚誰又中獎發大財，全都隨他去吧。漸漸地，各類訊息來往的也短少許多，四周好像靜了下

來，紛紛擾擾全被迷濛的視野吸納進去。刻意擱下書本，到街上四處走走看看，既然幾步路之遙就進入霧化的視野，也就越來越能隨遇而安，更像是遁入隱身霧中的桃花源。

眼鏡，還是得戴的。但更多時候盡量不戴，無意間加劇了懶惰的脾性，想是多少也領悟了將世事看淡些。

釦子

買回來的衣服，稍微講究一些的，或是款式特別一點的，會附上備用釦子。

這樣的釦子通常裝在塑料夾鏈袋，裡頭有時候還附與衣料同款的線品，萬一針織類的衣物勾破時能用這些小線補上。小夾鏈袋隨吊牌掛在衣領處，買回家後也隨吊牌剪掉。由於興沖沖地穿新衣，每回剪下的吊牌都草草扔去，連上頭叮囑的洗滌方式都沒留意，備用鈕釦也常常忘了收到哪兒去。

待一季入了尾聲，新款的衣樣鋪天蓋地鬧上街頭，把稍早還穿得暖暖的舊衣擠下，要等到下一回的大掃除，把穿不上的和已遺忘的舊衣都打包成一袋回收去。又過了不知多久，才在抽屜裡翻出一顆顆備用釦子。至於是屬於哪件衣服的，經常早已想不起來。

由於從未自塑料袋取出，這些釦子往往嶄新得像剛買回，顏色鮮豔，光亮得沒有一絲刮痕，模樣可愛，像是回憶中最美好的一部分被仔細保存著，也就更捨不得丟棄。

偶爾遇上掉釦子的時候，想用這些鈕釦替補，卻發現釦眼大小不合，只得作罷。

也曾想像手巧的人，把這些各有花色的鈕釦縫在一起，設計成有風格的提包。等真的拼湊到一塊兒時，卻又像一道道口味濃郁的各國料理硬被湊成一桌菜，吃進嘴裡反而膩味而失了特色。

結果還是將它們收起來，久久才拿出來把玩。舉凡備用的，都是這樣。

一些人，或獨獨就只有那一個人，放在心裡，盤算著真到了不行的時候，大不了還有他。一支電話號碼，到臨頭時，大不了還能打過去求救。一個去處，走投無路時，大不了回那兒去待著。只要想到位居備用的「B計畫」，心裡就踏實，眼前的大風大浪就能放膽去闖，放心揮霍。

直到有一天，赫然發現從前的大不了已經不只是「大不了」，而是如今須得珍而重之地對待的籌碼。少了它，還真像是缺了釦子的襯衫，衣襟刺刺地敞著，整個人像洩了氣的皮囊，空蕩蕩的。從前還能回頭去找的B計畫，成了眼下唯一的A計畫。到這節骨眼，口袋裡沒有備用的，只有手心裡捏得出汗的孤注一擲。

也有時候囊中的釦眼明明還合得上，卻是心境已轉，自己不肯拿出手了。

還記得年紀小的時候，扣錯釦子，長輩會笑笑地蹲下來幫著重新扣上。如今上陣前，在鏡子前反覆確認釦子扣好了沒，好將心頭的要事緊緊遮掩，不隨意露出來給人看笑話。而每日都是一次上陣。

回想起來，那些釦子沒有一個拿出來用過。

有些備用釦子一擺就是好幾年，早已不是昔日那件衣裳的附屬，而自身成為渺小卻肯定的紀念。雖然知道今後都用不上，一則慶幸沒到了真的得用上的時刻，一則也惋惜，好似錯過了重來一次的機會。

胃

自從網路演算法無孔不入地介入生活後，手機彷彿個人意志的延伸，一旦登入帳號後，就能與本尊「心靈契合」，甚至有種比自己還了解自己的幻覺。（雖然大多時候演算出來的結果令人哭笑不得）

最近常用的手機 App 頻頻推薦我一系列暴食影片。內容不外乎是妙齡美女（絕少出現男性）桌上堆了天量的食物，有時是像臉盆一樣大盤的義大利麵，或是乍看之下有點驚悚的食物，例如十幾隻生的章魚。美女快速將堆積如山的食物塞入口中，表情愉悅，令人驚詫。每則影片大同小異，如此反覆一吃再吃。

事實上我從來不曾訂閱過這類頻道，但演算法使我漸漸開始相信，也許骨子裡我對食物的喜愛已經到了暴食的地步。

經常在搜尋頁面上鍵入跟食物相關的關鍵字。想要嘗試新料理，尋找網路食譜；要前去陌生的地區赴約，提前探探有什麼好店；孩子還小，需要了解哪些食物嬰幼兒不能吃；為了提供家中長輩保健知識，又搜尋了一番；通勤時，乘機看幾則料理影片再去買菜。

好吧，當然也有很多時候單純是為了貪吃。例如半夜突然想到麻辣鍋，就發瘋似的上網胡看一通，滿腦子想著隔天醒來就要立刻吃到，直到雙眼發紅才悻悻然嚥下口水睡去。

幾乎每一次，天亮後的清醒時刻，前一晚還揮之不去的口腹之欲便隨旭日東升而煙消雲散。

或是每每有人推薦私房美食時，一心一意想著有空時要去大吃，但真等到有空的那一天，卻都全忘了，結果一次也沒吃到什麼傳說中的料理。但依然熱中搜尋著。

隨著外食次數減少，越來越依賴在家自炊，相信這是漸入中年的人多多少少感受到的初老徵狀。一開始是為了省去出外覓食的奔波，爭取更多在家休息的時間，到後來則是由於腸胃越來越無法負荷外頭的重口味，在一日工作勞累後，熱切期待吃到家常且清淡的味道，回歸到平淡的日子。

想起二十幾歲，那時剛展開獨立生活，每個月荷包裡擁有些許可以支配的金錢，對美食的定義是便宜好吃又大碗。胃是名符其實的消化器官，每天勤於消化的，是對世界食欲良好的好奇心與渴望。

年過三十後，沒辦法再一口氣吃下太多，轉而追求精緻。這時候的胃好似另一個性器官，一再挑剔，只為了滿足個人獨特的深層欲望。

這幾年，胃成了身體的另一個心靈器官。已經知道自己適合什麼，不適合什麼。願意吃進肚子裡的皆經精挑細選，雖然變化不多，卻是對自己最好的。也開始懂得去理解餐桌上的其他人，用食物去照料彼此，包容各自的喜好。並且，甘於索然。

因此也有些時候，想要獨自吃點什麼。這時更能享受獨處的安適，慢慢吃著，慢慢消化著。

兩封信

直到多年後，當我想起老師的沉默與眼神，才赫然明白當時的無知。因為生性膽怯，從沒膽子和老師說話，求學十多年上臺說話的次數不超過五次，總共也才一次忘記帶過學用品。只因為怕極了老師。可是偏偏交上了班上讓老師最頭痛的學生，兩人形影不離，連假日都整天耗在一起。

那時候班上同時有一男一女兩位導師，因為趕上新式教育正火熱起來的時候，班級人數少，兩位老師營造了自由開放的氣氛。但即便如此，我仍舊怯於一個人找老師說話，只有看到幾個大方自信的同學偎到老師身邊聊天時，才湊過去眨巴著眼睛聽。偶爾跟老師說上幾句，被表揚了，到現在做夢時還會記起。

其中男老師的專長是體育，身形修長且高大，講課時手腕會不自覺像在揮球拍，也像是運動過度般轉動著手腕在舒緩不適。

我們都喜愛著兩位老師，有一段時間我甚至幻想他們是我在另外一個人生裡的爸爸媽媽，體面而有學問。

升上國小五年級後，導師換成粗魯肥碩的歐巴桑和剛畢業的偏心女老師，想當然，我的日子就不好過了。歐巴桑畢業自數學系，我碰巧是數學白癡，每天放學前都要跟好友抄完數學作業才能放心回家。而偏心老師是屬於功課好的同學，她們下課時霸占老師，替老師取親暱的綽號，將其他人排擠在外。

出於對前導師的懷念，好友提議來寫封信給那位男老師。我們很快就決定利用我抄完數學功課後，母親還沒來接我的那段放學時間，「創作」了一封信。信的內容多是好友杜撰，為了有所貢獻，我特地把住在國外的表姊送的筆記本帶到學校，慎重地撕下一頁作為信紙。

寫好的信放在老師的辦公桌上，我們在辦公室的另一頭假裝寫作業，偷偷觀察著老師的反應，並不住地忍著竊笑。

讀完後，老師把信重新摺好，直接自座位走向我們。他長年練球的手握成拳頭，用指節在我們頭上各敲了一下以示警告，便走了。我們不明所以地看著對方，在彼此的臉上讀到不解與錯愕，一陣顧左右而言他的笑鬧後，因為意會到一種莫名的不安，甚至不敢再拿出來討論，我們也順理成章將這些往事放逐在記憶的邊陲。

幾年前我回去整理老家，在兒時的置物櫃裡翻出數疊信件，其中多半是那位好友寫給我的。即使天天見面，為了好玩，我們仍彼此寫信。不過我不如她的聰慧，她總是能在我們已經玩過無數次的遊戲中找到新的樂趣，並且擅長用文字寫下來，我則常常苦於話語的鈍拙，硬是拼拼湊湊出一封索然無味的信。

在老家的其他櫥櫃裡，分別也有著家人珍藏的信件。追求者眾的姊姊在各個時期收到的卡片、明信片，父親追求母親時所寫的情書（母親經常掛在嘴邊炫耀，卻不曾拿出來給我們見過），以及開放探親後，有著與我們相同姓氏卻不曾見過面的親族寫來的家書。

其中有一封是信的副本，手寫在文具店裡經常見到的正式直書信紙上，紙張泛黃，字體有著帶刺的稜角，亦能窺見一些紊亂的思緒，顯出發信者刻意掩飾在禮節下激動的心情。

只瞄了開頭兩行，我趕緊喊了姊姊過來看。那時候母親已過世，父親失智，我和姊姊好像被留在家裡的孩子，藉機翻找大人刻意藏匿的祕密。

寫信的人是家族中的長輩，曾經疼愛我們，也與我家有親近的往來。因著我們過於年幼而無法完全知悉的人情世故，漸漸不再聯繫，只在喜慶節日不得已才見到面。

這封信是在我尚年幼時寫下的，依稀記得母親曾淡淡提起。也許是因為我還不能理解，說了也沒用，也許是因為這事本不該對孩子說，但想要對發信者回應的話語雖然硬是吞進肚裡，但不時有苦味在嘴裡散不去，才忍不住對什麼都不懂的孩子說起。

發信者為家族長年所做的付出可視為個人的犧牲，一方面也是情勢所迫，在積壓多年後，終於將無法脫身的委屈、憤怒都化為指責。在那次短暫的離家出走，她來到家以外的地方，寫下這封長信。我不知道這封信寄達時，是寄到她所離開的家，還是複印數份後同時寄到每位收信者家裡？母親把其中這份與其他過期已成紀念的戶口名簿、證書、舊照等收藏在一起，作為家族歷史的見證，算是盡了長媳的責任。而因為勤於收藏，這封信與其他紀念物也得以在數十年後，讓我和姊姊讀到。

寫給老師的信中，我們捏造了一則不堪的緋聞與十分拙劣的細節，例如一個親吻。因為深信這是完全不可能之事，只存在於戲劇中，所以在童稚的心中認定只是個純屬無傷大雅的玩笑。如今想來是何等輕率，以及錯估了成人世界的複雜，只看見事物的表面並單純的依賴著。老師的那一記敲頭，要到二十多年後才真的灌入腦門，讓人明白。

也因為同時理解了發信與收信雙方的無奈，在讀完那封長輩的信後，我

默默放回母親當初收納的抽屜裡，彷彿把偷偷得到的祕密歸還原位，連同細細瑣瑣的記憶與理不清的仇恨，也包括家人們數十年來的每一封信，都被清潔公司一併清除。

在離開即將被清空的老家前，我只帶了幾封孩童時畫給母親的卡片。至於裡頭的內容，就和其他幸福美滿的故事一樣。

畫

許多享樂的事情只要再加上「躺著」，立即躍升為尊榮等級的享受。例如看書、滑手機、追劇、吃零食，這些都是我喜歡的。躺著的時候，常常是不好讓人看見。那模樣說有多邋遢就有多邋遢，長髮扯得七零八落，衣服歪歪扭扭，有時候還把腳翹得半天高。

可是陳進筆下的畫中人物卻是如此優雅。

在我書房的牆上掛著《悠閒》這幅膠彩畫。身穿翠綠旗袍，美人斜倚在鑲滿螺鈿的眠床，纖纖玉手捧著書本，枕邊香爐裊裊。美人纖細曼妙的腰身與穩固莊重的床身形成對比，再罩上有細緻花卉的紗羅，將閒逸的氣氛點出，也反映出仕紳家庭的優渥環境。

出生於日本時期的陳進擁有得天獨厚的條件，十八歲便赴日習畫，從此開啟藝術生涯，至今仍以「臺展三少年」的風采深植人們心中。

《悠閒》是她二十八歲時所畫，當年還創作了另一幅作品《手風琴》。這兩件畫作中的女子都有相同的面貌，是以大姊作為模特兒所畫。據推測，陳進是為了參加帝展而創作《悠閒》，但那一年卻因故取消，之後便一直沒有公開發表的機會。

這十年中陳進畫作無數，內容多採取臺灣島民生活，畫面簡約秀麗，莊重典雅。即便是後來的作品畫中女子經常端坐，含蓄恬靜，顯出陳進大家閨秀的良好教養，不輕易流露心事。唯有《悠閒》，女子不再正襟危坐，而是一派輕鬆倚在眠床，雖然一雙玉足巧妙隱藏在紗羅後面，但可以想像應該也脫下鞋子了吧。

二十八歲，在當時早婚的社會裡是令長輩著急婚姻大事的「大齡女子」，但陳進依舊穩穩握著畫筆，畫著她心中的《悠閒》。不只如此，她專注地作畫直扣四十大關才進入婚姻。初次讀到她的生平時，她的堅持、勇氣與神祕都深深吸引我。

二〇一二年，北美館再次展出此畫，有了新的面貌。修復師發現原本折入畫框背後的絹布藏有畫面，展開後可見更完整的床邊擺設與花紋。雖然後來發現的畫面並不足以影響原畫作所要傳達的旨趣，但站在展廳中端詳這幅畫，並想像著這麼長的光陰裡曾被細筆勾畫的色彩一直埋在不被人知的暗處，我久久駐足，希望能看出畫家不小心在其中洩漏的青春夢。幾次造訪後，終於忍不住買了複製畫回家，掛在房中。

畫中人物總是占優勢的，青春與夢永遠站在那一邊。而觀畫的我卻漸漸衰老。

孩子出生後，我越來越少進入書房好好坐在桌前寫點東西，通常在餐桌上將就寫寫，一邊還要顧著廚房裡的火。

前幾天，孩子突然瞥見昏暗牆上的悠閒女子，大概是沒見過臉這麼白的人吧，嚇得好久說不出話來。只好趕緊把畫取下，藏入儲物間。又不知何年何月，我的青春與夢能再被修復，重新鮮豔？

微波爐

我覺得我愛這一切，也許這是因為我沒有什麼別的東西可愛，或者，即使世上沒有什麼東西真的值得任何心靈所愛，而多愁善感的我卻必須愛有所及。

——佩索亞《惶然錄》

在居家空間裡最具戲劇效果的就屬廚房，其中充滿聲音、氣味、質地、顏色，各自濃烈、獨立，卻又能在適當的作用下產生完美的組合。在眾多令人驚異的特效中，我又特別鍾情於各式各樣的燈光展現。

還記得童年時不只一次趁著大人不注意，把冰箱開開關關，只為了一探究竟一開即亮，一關即暗的裝置。那盞嵌在角落的燈泡讓冰涼的四方空間頓時成為一個專屬的寶盒，只為立於前方渴望找到能填補肚腹空虛甚而是心靈空虛的人開啟、展示。又因為幽微的燈光，讓那具埋在光中的背影有了可被滿足的期待。

不久前，家裡有一套前屋主留下的日製喜特麗牌廚具。其特色是烘碗機設於洗碗槽上方吊櫃，在櫃子的下方隱密地裝有一盞小燈，可打亮水槽處。這樣一個簡單的小設計曾經是我生活全部的救贖。

在我每日疲累至極，無數次壓抑決堤的情緒之際，它召喚我前去告解，並用它微弱且白的光聆聽。它並不張揚，小範圍地照明猶如探照我心中的廢墟，讓不重要的攪擾退居目光外，為我投影出另一片可愛之光影。

失去喜特麗廚具後，稍可作為彌補的是抽油煙機上的小燈。伴隨爐火與漸漸升溫的鍋爐，風扇轟轟然與食物滋滋作響、鍋鏟哐啷拌炒，氣味由生轉熟的陣陣飄香，這一切是一座微型舞臺，當然更少不了燈光的聚焦。煮飯者既是參與的表演人，也是唯一的觀眾。

同樣具最佳舞臺效果的還有烤箱與微波爐。

每當見到烤箱裡漸漸升溫，透出橘紅色光芒，不久後食材劈啪作響，雖不見明火，仍讓人墜入關於野性炊煮的原始幻想。而那道光，在食物表面留下金黃、略帶焦香的印記，預告著接下來將嘗到的美味。

微波爐則通常具有現代的外型，首先賦予它優雅的特質。設定好溫度、時間後，關上門，燈光亮起。在此最重要的是旋轉。這總讓我聯想到遊樂場裡人氣歷久不衰的旋轉木馬，集結幸福與炫目的幻術，是人類最美好的夢境的具體呈現。

又如曾經反覆叮叮咚咚唱著重複歌調的音樂盒。在盒子的中央是穿著一襲粉色蕾絲蓬蓬裙的孤單舞伶，立起單腳，高舉雙手，不管轉了幾圈，都無法跳出下一個舞步，轉不出那只漂亮的盒子，曲子永無終結。

不過這場華麗的小悲傷在微波爐偶然傳來砰的一聲悶響時中斷。打開一看，燈光滅去，食物碎片陰沉地黏附在四周的爐壁，那又是另一段故事了。

尿袋

急診室裡無分晝夜，燈光通明照在草綠色稍帶髒汙的塑膠椅上，還有更多紅色板凳隨意擺放在角落，任家屬自行取用。在門口兩道自動門的管制下，空調強力放送，除卻牆上斗大的電子鐘一刻不停報時，室內始終維持著無時間感的基調。

事實上在漫長的等待過程中，醫護人員推著工作車來回奔馳，櫃檯上排放著厚厚的病歷表，除了偶爾攔下護理師追問到幾句意味不明的進度外，時間在此確實是沒有意義的。不論過多久，都抵不上需持續等待的事實。

坐在病床旁的板凳無事可做，似睡非睡熬過一晚，掌中把玩的手機已不知滑開幾次又乏味地關上，再無更新的消息可讀。只有垂掛在病床邊的尿袋如實沿著刻度爬升增加，忠心證明著運轉的秩序如常，未有停滯。

凌晨，剛換班的護理師再度推工作車來察看，順手打開走廊的日光燈，飽滿的尿袋反射出金黃光芒，提醒著該趁旭日初升出去走走買個早餐。

自從上回跌倒，父親持續腰痛，反覆發炎，入院觀察一個多月，排除脊椎骨折等因素，直到插上尿管讓膀胱正常排泄後，腰痛才終於解除。

此後，尿袋便無法離身。所伴隨的感染風險常引起高燒不退，出入醫院更是家常便飯。

人活著不可一日無尿，為著這生之基礎代謝，我們反覆求診、回診，終於排定手術。孰料，在手術當日的血液檢查結果卻不符標準，被拒絕推入手術室。幾經數月周折、勞頓，一切又打回原點。

離院前，護理師再次抽換新尿管。我藉故退出床邊的隔簾，逃到病房外的走廊上。

走廊底是一扇通往陽臺的玻璃門，時值燦爛正午，眼前陽光灑遍，耳邊父親淒厲哀號傳遍。

橙黃、濁黃、鏽黃、淡如水的透明黃。父親的尿袋像是一則另類的心情顯示表，依照呈現出來的顏色暗示健康情形、飲食狀況。

沉甸甸的尿袋在身側跟著搖晃，是一個外露的器官。從座椅移到床上，從床上挪到輪椅上，尿管的長度牽制移動的靈活度，明確界定出一步之遙。

當生命不再有隱藏的奧祕，一切都攤擺在科學的統計、先進的醫療之下，身體的衰敗可直觀、可觸摸，可以秤斤論兩討價還價。曾經屬於私密的暗流，如今開誠布公懸掛在眼前，日日面對，時時提醒。

吃喝補給養分，拉撒排泄廢物，身體是一座計算年歲的頑固沙漏。記憶、青春、理想、殘餘的夢境、無意義卻反覆的種種片段、情感淘洗後的粗砂細石，分分秒秒匯聚，凝結成琥珀般的黃，自出口排放，涓涓滴滴，至生命終止。

尿袋，彷彿承接沙漏所遺漏下的碎片，一場偷天換日的詭計，延緩了時間的數算。

暗鎖

誰都有這樣過。

天色通常是近晚，拖著滿身疲勞和卸不下的重擔在地上曳出深深的黑影，肩頭背著過重的提袋，懷裡兜著滿腹的委屈，跋涉過斑馬線、人行道、月臺和排隊的人潮。穿了一天時尚卻蹩腳的皮鞋，這時候腳已腫脹生疼，腳步不免拖沓。終於自車站出口返家的行伍中脫隊，轉進小巷，迎接你的是再熟悉不過的街坊狗吠。掏鑰匙，轉開公寓的門鎖，告訴自己就快到了，咬牙走上最後這段長長的階梯，這才進了自己的家門。每一次歸來都彷如歷劫。

開燈、關門、上鎖，最後再加一道暗鎖，喀，在外頭緊繃的身體和情緒才總算鬆懈下來，徹徹底底吐出一口長長的氣，一口憋著一整天大氣都不敢喘的悶氣。因為門鎖上了，再沒人會進來，所以可以放肆地把臉垮下來，沒有表情，甚至好好地哭了起來。

城市裡的夜晚總黑得不夠徹底，而是將夜間作為另一種展示的舞臺，是光的爭奇鬥豔，比之白晝更奪目。然而黑暗無處躲藏時，只好往人的心裡鑽。由於到處都光燦燦的，唯一能躲起來傷心、憤怒，或僅僅是容許疲倦的，只有獨居的陋室，因此夜歸時經常感到被剝奪的悲傷。所以你漸漸地喜歡趕在天黑前回家，把門鎖上。

鏈條式、掛勾式和門閂型的，那些你曾見過的暗鎖由於經常是後來安裝，只賴幾支細小的螺絲釘咬在門板與門框上，脆弱不堪，彷彿外頭的人只要稍加用力，鎖就會應聲而斷，再無防備功能。

可是你還是想上鎖。

即使知道它們簡陋得像玩具，像一個說來安慰自己的玩笑，一個可有可無的護身符，還是想掛上那道鎖，橫在門縫中。因為想要守護的，是遠比那簡易的金屬裝置更脆弱的東西。

有時候輪到你站在門外，當對方關上門後，出於禮貌與更深的警戒心，你聽見門後沉默了一段時間，接著緩緩響起謹慎細小的清脆響音，喀，便知道門後的人扣上了暗鎖。你明白那是一種消極的拒絕。因為不善於面對面爭執，所以退到門後寧可把自己鎖死。

到後來，上鎖已成習慣。

當大夥說著你不感興趣的話題，當過度熱心的人追問著不想多提的話題，你微笑點頭，「我也這樣覺得」、「真的呀好有趣」、「好啊你再傳連結給我」，在越來越熟能生巧的應對中，悄悄將心裡的暗鎖扣上，隔著門洞窺伺外面的喧嚷。

這樣下去不行。你比誰都清楚。

所以暗暗地比誰都期待門鈴被按響。一道上鎖的門，等待一個開鎖的人。

結果幾次遇錯了人，誤開的鎖，你把門鎖得更緊了。

其實這個道理你也不是不懂，暗鎖沒有鑰匙，找來鎖匠也無能為力，從來都只有門內的人才能開啟。

聖誕樹

每個人都該有一棵「特別」的聖誕樹。

也許是童年時比當時自己還高的聖誕樹，長大後才發現它其實矮小；也許是隔壁班同學送的曖昧禮物，在畢業以後就被擱置在書櫃的深處；分手時，淚眼模糊走回家的路上見到的那棵；也許是賺錢後搭飛機旅行，為了逃離溼冷的島嶼氣候，在終年酷熱的度假勝地遇見的那棵；或者，它只是文具行的滿額贈品，順手被擺在辦公桌上，不知不覺過了好些年。

有時我不禁會懷疑，這世界上到底有多少聖誕樹？但無論如何，最特別的應當只有一棵，它偷偷記得你特別時刻的樣子，就像離別多年的情人。在每年將近尾聲時，滿街熱熱鬧鬧擺出聖誕樹，綴滿耀眼的彩球、彩帶，會喚起塵封的記憶，因此在平日裡，我們可以儘管地遺忘，不用被過往所累。

我也有這麼一棵聖誕樹。銀色金色亮球、綠或紅的彩帶（記不清了，燈光下它們如此相像）、頂端插著一顆此生見過最大的星星（足以敵過所有光害）。聽起來是不是沒什麼特別？就像每個人說起悲慘的感情、該死的前夫前妻、可惡的老闆同事，聽起來大同小異，常讓人聽著聽著就出神。而更糟糕的是那些幸福的旅遊照片、美食打卡、闔家歡看起來又更是毫無分別，大夥都極力拍出相似的笑容（總有一天將只有臉孔辨識功能能分出誰是誰，而我們將無法再辨識你我他）。

所以，那個「特別」的聖誕樹只適合放在心裡，不宜說出來，才能保有獨特。

又為著保有獨特感，我總無法諒解「過期」的聖誕樹。

度過了稍有寒意的十二月，街頭的聖誕樹數量已經達到全年高峰。十二月二十五日佳節一過，隨即而來的是跨年，由於捨不得讓節慶的喜悅太快散去，一方面藉由華麗的裝飾沖淡歲末的感傷，人們往往捨不得把聖誕裝飾收起。於是就著春節的大紅春聯炮竹等繼續混在各家小商店的櫥窗裡，一到傍晚就亮起串燈。接著，連農曆新年都過完，各級機關行號都復班學子皆復課，生活可說是恢復到常軌上，朝九晚五，什麼好玩的都沒戲唱了。可過期聖誕樹仍舊繼續擺著，怎麼也不肯收起來，元宵也過了，再耗下去都要端午了，終於有幾棵落滿灰塵撐不下去被草草拽入垃圾袋，其他的則像是被忘了還是成功占領似的，繼續屹立。

為什麼還不收起來呢？為什麼要讓入夏的櫥窗還殘留著發黃的雪花和看

起來都嫌熱的聖誕老人呢？為什麼要讓鮮豔的節慶彩旗褪色如回收衣物？

因此為了讓平日和節日有所區分，我總是神經質地堅持時間一過，就把裝飾品小心翼翼地收起，也絕不再聽最愛的聖誕歌曲，好讓那些發亮的時光能維持光彩，並且甘於枯燥的平日。

肚臍

她的眼神予人一種飄忽不定，並存著兩種相違背的情感，就像她的故事一樣。

當她看著你的時候，既有著漠然孤傲，同時又散發著執著的信任；笑的時候藏著莫名的恐懼，於是有了一定的世故；悲傷的樣子又太淡然，像是習於演示這種能博取同情的演技。因此，她說出來的話總有種似是而非之感，用童稚的聲音和語言傳遞，卻讓人不忍懷疑。

一個人的時候，她經常掀起上衣一角，或裙襬，全身向內彎成一尾熟透的蝦，堅定地以指頭鑽入肚臍眼。由於太過專注，常常沒注意到身旁有人走近，只一心一意盯著身體中央的小洞，挖著。這或許是她最誠實，也是最鬆懈的時刻。

和她那時差不多的年紀，我也大約在六歲左右開始關注肚臍的存在。奇異的皺褶向內收束，裡頭夾藏多餘的皮屑、汙垢，好像氣球吹飽後收攏起來的綁口，只是內外相反，令人不禁想像若能打開這個結，會洩漏出什麼，或僅僅像氣球一樣洩光一肚子空氣，回返成鬆垮不成形樣的皮相。

那裡面必定有什麼。

年幼的我們都是如此不懈地挖著，一日當中全部的心神都在這小小的凹陷處。趁著大人不注意時，指頭便偷偷探入衣服底下，祕密地、深深地挖著，彷彿要挖出另一個自己：我既是那個待挖掘的謎，也是謎底。

直到有一天母親發現，肚臍周圍細嫩的皮膚紅腫，幾近流血。被惡狠狠斥責一頓，加之各種荒誕、不可解的謬論恐嚇後，才漸漸戒掉惡習。一段自我探索與滿足的過程於焉戛然而止。

當我出聲制止時，她飽受驚嚇直起身軀，急急忙把撩起的衣裙蓋上，端坐。我忍住更多的責備嘮叨，尷尬地沉默。

還要再過多久，她才會知道肚臍是生命中第一個與他人緊密連結的開端，直至誕生後被截斷那條養分輸送帶後，所留下僅存的印記。畢竟那位他人已先行而去。

在她眾多真假迷離的話語中，偶爾會提到母親早在她更小的時候就發瘋離家，多年未有音訊。不知道這樣的認知是透過父親的灌輸，還是她過於早熟的心智觀察得來，在她口中的母親像是與自己無干的人，相比較起來，肚臍眼的存在還顯得踏實多了。

也許她在成人反覆的紛爭、辯詞中，已習慣成為自己的母親，自己的女兒。透過指頭與肚臍的連結，每日輸送養分給那具小小的身體，又將自己誕生，在人生的荒謬中扯斷臍帶，扶養自己長大。

幾年後再見到她時，亭亭玉立，看來已戒除幼時的毛病。只是，她依然戒不了的眼神比之前更加善於迴避，也練就了向獵物投以銳利、質疑的目光，就像當年那根勤於挖掘的指頭一樣，不只挖著自己的肚臍，也冷不防探向別人的。

收市

常去的菜市場結構為回字形，外圈賣現成粿糕炊食、烤雞鴨蛋糕等，內圈是生鮮類主戰場。

通常老主顧們在做過晨運，樹下歇腿互吐苦水，大談兒女經和病痛史後，順道轉往早市廝殺一番。那時候兒孫可能才剛趕上公司最後打卡時間，或是剛喝下今天的第一杯咖啡一邊滑看前夜的網路留言，她們則已經眼露凶光捉起攤上的魚蝦像挑女婿一樣仔細端詳，接著用聽來像是有一搭沒一搭的閒談，實則已過招無數的高階技巧殺價。

猶如遇上可敬的對手般，她們離去前，不久前的殺氣已煙消雲散，頭家堆起滿滿的笑意寒暄，還不忘叮嚀每個星期一三五設攤，要再來喔。

午後待她們紛紛返家，菜市場猶如少了主角的舞臺，顯得空蕩冷清。由攤位簇擁而成的狹小通道稍得喘息，來客的腳步因為沒有後頭人潮推擠而放慢下來，有了些許閒散。頭家們終於得空理一理腳邊的貨物，快速盤點庫存量，快手快腳把貨物重新打散組裝成新的促銷模式，嘴上隨即嚷著才剛剛算計出來的價格。

是這樣的時刻，使得我一直以為自己是擅長講價的。也是在這樣的時刻，讓向來嘈雜忙亂的市場散發另一種風情。

隨手剝除的菜葉與剩物落了滿地，踏在其上，總不免憶起深秋林子裡堆疊厚重的溼濡黃葉，彷彿刻意掩護小動物的蹤跡。熟爛的果實與被削去的果皮暫時堆攏在一處，蠅蟲聞之而來，縈繞其上，散發令人迷醉的酒味。磨石子菜鋪檯面因長年濡洗呈現鏽紅與獰黑，好似生命的起源處。

然而，這樣的聯想是過度浪漫的。只要再往裡頭走，長年浸淫以致無法消散的血水味猝不及防撲鼻而來。

最直接的莫過於海鮮攤販。魚身卸下的鱗片如一場暴雨後凝結的雨滴散落四處。童年時不只一次撿拾這些透明甲片，一再玩味其中隱隱透露的斑斕色澤。魚販持鈍重的刀具在魚腹上橫向剖開，熟練地一把拽出紅潤的臟器，甩在桶中，海水與血水驀地竄流，恣意滴落，於地面匯聚成一小流水，往崎嶇低處成一窪窪微型汪洋，教人不敢驚擾，紛紛走避。

由於來得遲，經過一個早上的叫賣，頭家們皆顯出疲態，像飽經風霜而放下成見的人們。我慣常皺著一張臉，在攤位前因為對菜類的陌生而總是猶豫不決，急著收攤的頭家常常把剩下的菜湊成一堆，用低價草草把我打發掉。

買魚的時候也是。認得的魚類不多，偶爾想換個口味試試也喊不出名字，要用煎的還是蒸的更是沒有頭緒，因為臉皮太薄又不好意思開口問。我的策略是等頭家開口，隨便指幾條剩下的開個價，只要不要太誇張，分量又是我家吃得完的，也就買下了。因此，經常能成就一筆雙方都滿意的交易。

回到家時，我得意洋洋向Y炫耀滿手的戰利品，有多好康多便宜。

有一回，終於有機會趕早去買菜。

老主顧們人手拖拉著一臺買菜戰車緩慢推進，因為人人都忙於搶菜講價打包找錢，沒有人感到通道的壅塞而專心於眼前的挑選。

剛炒好的肉鬆、剛揑好燙熟的魚丸、剛包好的生鮮餛飩，還有正在吐沙的蛤蜊、成把的蔬菜和成堆的瓜果、新鮮紅嫩的肉品，逐一在我腦海裡化作一道道佳餚。我這才像是第一次參與買與賣的肉搏戰，新奇地四處張望，臉上藏不住什麼都想買一點的神色，隨搖晃的隊伍衝鋒陷陣。

殊不知在行家眼裡，我活脫脫是一頭待宰的肥羊。

好不容易選了一條才巴掌那麼大的魚，頭家卻開出令人咋舌的高價。但因為已經在攤前來回走了三趟，只得硬著頭皮買下。接著到菜攤揀了一把先前常買的菜，又是天價。頭家們這會兒都成了殺人不眨眼的，雙手堵在胸前像是一座銅牆鐵壁，打定主意一塊錢都不能少賺的狠勁兒。

我心灰意冷走過一攤攤，荷包才一下子就扁掉了，起先高昂的鬥志更是潰散得一塌糊塗。原來在這座買賣的競技場上，我不過是另一種「剩下的」。

最後，在水果攤前完成了這場敗仗。一串葡萄、幾粒蓮霧，貴得像珍珠寶石，頭家還一副理所當然的模樣。這下把我急得一口回絕，收起荷包逃回家去。

轉出菜市場時，瞥到老主顧們圍聚在琳瑯滿目的飾物攤前。只有此時她們才會像不知所措的少女，任由打扮花稍的老闆擺弄，買下一個個連A貨都稱不上的鞋包耳環，以及顏色過分鮮豔的指甲油、口紅和染髮劑。幸好，儘管歲月消磨，嚮往美麗眷顧的心願是永保新鮮的。

電池

擺在抽屜許久沒用的血壓計，流湯了，摸起來有點黏黏的液體。許久，是很籠統的說法，意思是想不起來到底有多久。遺忘就是這麼一回事。原本有用的東西，被當作沒用了。

至於流湯，習慣這樣說，上網查了一下，比較普遍的說法是電池漏液。電池槽裡的金屬機件因而遭腐蝕，鏽跡斑斑，慘不忍睹。我不死心，拿新電池塞入，敲敲打打，還是沒辦法救回。

之前收到親友們送來的育兒物資，其中有許多是玩具。會發光、發出電子音樂的玩具，隨著孩子步入下一個成長階段被擱置在玩具箱裡，直到下一任接班人出現才重見天日，絕大多數也慘遭電池流湯的命運。

有些電器稍微擦拭敲敲弄弄後，奇蹟地復工。有些花一兩百元就修好要價千元的家電，頗划算。當然也有些就此淘汰。在這個年代，丟棄是容易的。

電池供電量有限，一旦電力耗盡便無法再續用，回收後仍會造成環境汙染，因此電池成為一種文明之惡。

而忘記取出的電池，在暗無天日的機身內像是不甘心死去且將遭拋棄，又或者仍妄想能供應電力，但是長久且徒勞的等待後，卻只吐出體內的有毒液體，不料卻損毀機件，玉石俱焚。

我想到日前才追完的韓劇《人性課外課》，劇中高中生因父親嗜賭，母親離家出走，為了籌措學費、生活費、補習費，透過 App 經營援交事業，賺

來的錢仔細規劃開銷，連買螢光筆的花用都慎重地記在帳本上。不幸的是，好不容易存到的財富卻陰錯陽差被父親偷走，且一夕之間賭光，使得他繳不出高額補習費，不只成績一落千丈，甚至鋌而走險與黑道交易，一次次步入社會中最凶險的地帶。

在全劇一開始，班導師輔導該生未來志向，成績優異的他唯唯諾諾地說，願望是順利畢業、上大學、找到工作。說穿了，就是和「大家」一樣。在隨後劇情的推展中，他一再地對他人對自己說著相同的志願，平凡的人生，僅此而已。可是他卻一再從常軌中跌落，越跌越深，終至萬劫不復。

看劇的時候，我不住地想到曾在社會新聞中讀過的事件，報導中幾筆帶過案發經過，卻說不盡走到這一步的每一個轉彎每一條岔路每一次跌落。最後，因為長久且徒勞的等待，翻身的機會總沒有降臨，救援的手總是錯過。

用光僅有的電力後，還能從身體裡榨出的，只有又濃又苦的毒液了。

偶爾，為世人目光所注視，也不過是玉石俱焚的剎那。而人們會感到惋惜的，是寶玉，絕非不起眼的粗石。

為什麼這麼困難呢？劇中的他哭喊著問。螢幕前的我無語。我深知所擁有的「平凡」是如此僥倖，如此不平凡。而每一個平凡，都由無數的惡所默默支撐。

群組

晚飯後，人們放下家務，圍坐在能取暖並帶來光明的爐火前，漫天談著關於收成、天氣、嫁娶與病痛。直到最後一片被晚風吹起的葉子落地，眼皮沉重得就像爐火一樣快要熄滅，談話聲才漸漸止息。還沒說完的，就留待夢裡去說……

後來，晚飯後的談天越來越簡短，稀疏的話語輕易地被柴火劈啪聲蓋過，取而代之是人們守著掌中的那方明亮，用手指交談。像是一場敘事的馬拉松，因為那裡始終明亮，也就沒有白晝夜晚的區分，談話於是永無止息。

叮咚，又一個新的訊息。只是，現在沒有人確定這些話語是對誰說，而自己說的話又有誰聽見，好似在個人包廂裡K歌，奔流的情感恣意宣洩，卻不流向任何人。

我不擅長聊天，特別是人多的時候。開不了話題、接不上話、抓不到哏，點頭附和時不夠熱切。即便如此，也不知不覺加入了好些個群組。

巷口便利商店的店長特別會攬人加入店家群組，限量商品、團購美食、精選好物、咖啡半價，全天候零時差傳送，還兼關心鄰里。懶得出門的時候，不時滑開手機來看看，若真有心動的商品，手指一點就能搶先預留。夏天時，各家冰品輪番上陣，忍了好幾週，最後還是不敵店長在群組裡頻頻招手。不過也有好幾次在別家門市看到店長口口聲聲喊著超值限量的聯名款，大剌剌地排在架上乏人問津。但下次群組裡又颳起加購風潮，還是忍不住跟著喊加一。

車廠老闆、早餐店小哥、賣菜歐巴桑、附近的藥局，通通都要加群組。群組是二十四小時開張的祕密集會，是線上ＶＩＰ室，是永不熄滅的掌中壁爐。

閒來無事，看看同事訂便當群組裡本週是什麼菜色，巷子另外一邊的外送餐食店今天推出什麼料理，最喜愛的速食店推出哪些季節限定餐。雖然我從來沒訂過，卻不失為一種無聊的樂趣。

我也潛水在由友誼、共同愛好、只談公務等各級關係，還有一些現實中無原因再相往來但因為曾經短暫的緣分相識，而組成的群組。這當中總會有一兩個發話者，我羨慕他們有足夠的勇氣朝幾乎悄然無聲的視窗投擲訊息。由於害怕無人回應的尷尬，我懦弱地選擇沉默，選擇隔岸觀火。又或者在熱切的討論中，我戀棧零星火花的溫熱，卻又貧乏地不知如何貢獻火苗。

而更令我傷感的是在這些不冷不熱的群組裡，每隔一段時間便有人離開。「×××已離開此談話」橫亙在對話中，像是當著所有人的面公然地打開前門，大步離去。餘下的人許或心不在焉，或從未點開視窗，或不以為然而不做聲，或只是忘了退出，維持群組固執的存續。

但明明在路上看到人們總取暖般地珍重捧著那方明亮，手指飛快打字。那些訊息又去了哪裡？

床邊故事

兩歲的孩子睡不著時，吵著要聽故事。

故事是這樣開始的。從前從前有一個阿祖，她摔倒了。印尼看護半夜摸黑打電話叫救護車，阿祖於是住進加護病房，打針、吃藥，這邊痛那邊痛，一直好不了。

講完一次，通常孩子還沒睡著，會要求再聽一次，好多次。不知講到第幾次時，劇情有了新進展，阿祖上天堂了。

還有誰在天堂?還有阿嬤。孩子會這樣回答。天堂阿嬤，是我們代指他未出生前就過世的外婆，我的母親。

有時候孩子要求聽弟弟坐救護車的故事。

故事是這樣開始的。從前從前有一個弟弟，他出生了，但過沒多久就因為呼吸急促，救護車把他送到大醫院。弟弟在醫院裡罩著呼吸器，小小的床邊裝了兩臺監測器。每次去看弟弟時，爸爸媽媽都會記下今日的血氧濃度，並且努力背下醫生飛快說出的病情說明，回家後再把複雜的句子抽絲剝繭，找出關鍵字一個一個上網查。又討論著明天要問醫生什麼，慎重地把問題寫在紙條，帶在身上。

後來呢？孩子問。

十天後，弟弟出院了，每天吃很多睡很多，哭聲震耳，已經會搶玩具。現在弟弟在旁邊已經睡著了，噓，小聲一點，不要把弟弟吵醒。

孩子最喜歡的橋段是，救護車要把弟弟載走時，因為車上沒有兒童安全座椅，所以孩子硬是被攔在馬路邊不能上車，只能哭喊著爸爸弟弟，相當淒厲。媽媽則剛動完手術，躺在床上不能動。

阿祖和弟弟都坐過救護車，孩子在路上看到時，感到分外親切。

後來呢？睡不著的孩子想聽更多故事，又繼續問。

後來，姥爺也坐救護車。姥爺是他的外公，和他一樣吃飯要戴圍兜，出門坐車車（嬰兒車和輪椅在他看來是同一種）。我們常哄他說，姥爺最乖，吃飯都不會亂跑。

但是姥爺也有不乖的時候。為了貪吃一顆皮蛋，姥爺摔倒了，在醫院住了一個月，每天哼哼唧唧痛痛痛，好不容易出院，過沒幾天又叫了一趟救護車，又一趟，來來回回數不清幾趟的救護車。每次巡房的時候，醫生說的話都模模糊糊，我們揣摩半天，只能想說醫生也不便把話說死，要留個轉圜的餘地。後來姥爺竟然糊里糊塗就好了，真像他的風格。等放假我們去看他。

故事都講完了，還是睡不著，孩子吵著說還要聽住醫院的故事。

沒有人住院了，你不要亂說話，眼睛趕快閉上。說完，我起身直接把燈關掉。

不知道在孩子的世界裡，這些「故事」是真的還是假的。但就和其他故事一樣，孩子在其中彷彿一點一滴認識了真實的世界以及其中的虛假，也在虛假的情節中，發現了一點真實。

零錢

在更衣室想不聽到別人談話都很難，特別是一群女人聚在一起時，難免音量越來越大。這會兒她們提到家裡的老公愛囤零錢，門口一疊客廳一桶，不知不覺積了好多，大夥一陣附和。我在健身房向來獨來獨往，不過這下子也忍不住豎起耳朵偷聽。

Y三天兩頭就往抽屜裡的小盆兒丟幾枚硬幣。父親也有積聚零錢的習性，常常隨手抓起一把，露出富有的表情。就連朋友M的父親離家出走後，家人把父親臥房的床墊一掀，床底下全是大大小小的零錢。

不禁令人懷疑，男人都愛存零錢嗎？更衣室裡半裸的女人們討論著。每回在外頭遞出鈔票找了零錢，順手往褲兜塞，一枚兩枚地漸漸成了可觀的數量，彷彿某些夢想也漸漸發芽。確實，紙鈔缺乏分量，還是沉甸甸地一大把握在手裡有成就感。我也跟著在一旁默默猜想。

相較之下，女人的夢想好像比較奢侈，不是用零錢就能打發的？

由好萊塢影星湯姆・漢克斯早年飾演的電影《飛進未來》，主角賈許是一個情竇初開的小男孩，急切渴望成為大人擁有更多自由。在一次園遊會中眼睜睜看著暗戀的女孩被人搶走，一時氣憤與沮喪，便向荒廢在角落的許願機投入零錢，許下快快長大的夢想。精靈應允賈許的夢想，這時他才發現這臺機器根本未插上電源，故事於此展開。湯姆・漢克斯演活了一夜之間長大的男孩，進入玩具公司成為高層主管，坐擁高薪、豪宅、美麗女友……。用小小的零錢就能換到這麼豪華的夢想，實在划算。

另一個男孩就沒這麼幸運了。

喬伊斯在《都柏林人》中，寫下半自傳的成長故事〈阿拉比〉。男孩愛慕著街坊大姊姊（單戀似乎總特別能激發人成長），為了得到心上人的肯定，他決定前往不久後將舉辦的市集，買個禮物回來送給她。市集這天，他在家裡苦等喝醉酒的姑丈回來，直到深夜，隨即握著好不容易才乞求到的錢趕往車站。此時人潮都已踏上歸途，車廂裡幾乎只剩下他，一路冷清。抵達市集後，只有少許還在收攤的商人，幾盞尚未熄滅的燈與招牌。男孩怯生生地走向攤位，仍一心掛念要挑選戰利品回去邀功。然而，只見顧攤的年輕男女一邊數著零錢，一邊打情罵俏，漫不經心地招呼他，落在盤中的零錢在空蕩蕩的市集裡聽來格外響亮，那是愛情破碎的聲音。男孩隨即緊握著口袋裡剩下的錢幣，羞憤逃離。

或許真如傳聞中所說，每個男人心中都有一個長不大的男孩。那些在家裡的某處日積月累存著零錢的男人，如今都各自擁有什麼樣的夢想呢？

有時我想去巷口買塊蛋糕、冰棒之類的小甜點，就從Y的零錢盒裡抓一些。心裡想著，就當作是天上掉下來的意外之財，吃起來特別痛快。

筆

阿姨家和我家只隔兩條巷子。

阿姨為了讓我們家貼補家用，遂僱母親到家裡洗衣十多年。每天早上，母親騎腳踏車載我到阿姨家洗衣服。

雖然只隔兩條巷子，同樣是二樓三的透天厝住著四口之家，但阿姨家的每樣東西都透露著一股凜然且高雅的氣氛。學齡前的每個白日，我都在阿姨家四處摸索著度過，使得我對那座宛如宮殿的房子猶如自家一樣熟悉。

首先是門口停放的名貴轎車，便是母親再三叮囑不可伸手碰觸的重點物品之一。客廳的沙發上披著柔軟的毛皮，電視機的酒櫃裝飾著旅行世界各地購回的紀念品，廚房裡用的上等餐具與餐桌。除了大理石地磚，三層樓的樓梯全鋪設地毯，雖然後來發現地毯實在清掃不易，但也可顯出阿姨家的講究。

而其中最令我感到神祕的是書房。

靠牆有一整排書櫃，裡面放著厚重的百科全書與姨丈工作時所需要的艱澀書籍，還有阿姨一家人在國外度假時拍的異國風情照。另外一面牆裝修成衣櫃，名貴服飾、鞋與包都收納在裡頭，連同阿姨始終維持的曼妙曲線都是母親經常嘖嘖稱羨的。書房的另外一面是表哥的鋼琴和姨丈的書桌，上面疊放著厚重的琴譜與文件，散發著高不可攀的尊貴感。書桌旁的茶几上是姨丈工作時要用的幻燈片，每一張幻燈片在抽離正常色彩後，都像一幅詭譎卻充滿吸引力的圖畫，是一個微型的圖象奧祕。

使得書房氣息更顯高貴的是朝外的那扇窗戶，白天時陽光穿過厚重的酒紅勾花窗簾探進屋內，寶藍色的地毯則愈加深沉，無聲的琴鍵袒露著象牙白與黑，彷彿墜入沉思。

母親洗衣是在加蓋的樓頂，那裡養著一隻毛色亮澤、體型壯碩的喜樂蒂犬。沒在樓下探險的時候，我會坐在一旁陪母親洗衣服。雨傘、企鵝、鱷魚，母親把衣服上的標幟一一指給我看，連表哥穿髒的襪子和內褲，母親都用雙手搓揉到白淨為止。

印象中有幾次假日時在阿姨家用餐，由於姨丈的沉默與嚴肅，以及兩位表哥優異的學習表現，總是使我覺得格格不入，恨不得能趕快回家。飯後，表哥們看的絕對不是滿場笑鬧的綜藝節目，而是知識性科學節目，我也有看沒有懂。

有一天飯後，表哥帶我們到書房，拉開姨丈的書桌，神祕兮兮拿出一枝白色的筆。筆身粗胖，乍看像鋼筆，其實筆管另一面是金髮女郎的泳裝相片，身材凹凸有致。只見表哥露出奸笑，把筆身倒過來，管中的墨色液體下降，女郎的泳裝也被褪去，全身赤裸。

自從知道這個祕密後，我經常趁著阿姨一家人不在時，從抽屜拿出這枝筆來，彷彿細數時間的沙漏一般反過來倒過去，讓女郎的泳裝穿穿脫脫好幾回，打發每個漫長的早晨。

房間

沙漠和衛生棉。還有比這兩個元素更悶熱的東西嗎？全部都出現在我身上了。

風景明信片上密密麻麻的字和簡易的示意圖，瑣碎記錄著旅行。未署名。

我從抽屜裡翻出一疊這樣的明信片，從筆跡可以判斷是出自同一個人所寄。我一張一張翻找著線索，關於在機場、車站、青年旅館發生一堆狗屁倒灶的事，「幸福就是：原本以為內衣全部都髒了沒洗，結果一不小心翻到一件乾淨的。」被寫成一句一句煞有介事的勵志小語。

我突然想起來了，是她。

她是我所認識的人當中，最無法歸類的。或者直接歸到，怪咖。而且是最怪的。會和她攪和在一起，也許我也脫不了怪的嫌疑。

假日時，只有她願意和我一起坐在師大夜市的飲料店裡一個下午，盯著對面的生煎包攤子，還有過往的行人與來店裡談戀愛的大學生。真的是一個下午，既不看手機、看書，也不做別的，就是盯著來來往往的人看，把一杯茶喝到天黑。

平常日不見面的時候，我下班回到家（其實也就是一間套房而已），先上個廁所，擺好舒服的姿勢，我們講沒有重點沒有開頭與結尾的很長很長的電話。雖然沒有酒，但那是一種慣性爛醉，醉倒在生活的泥淖中。偶爾，會冒出一股鬥志，輪流對彼此說，不能再這樣下去了，要想辦法衝過這一關。

有一次在自助餐吃飯，牆上的晚間新聞正播報驚天動地的槍擊案。我們立刻決定去醫院看看，而且要走路去。就這麼決定。我們興致勃勃。

到了醫院，櫃檯、大廳、每間病房都靜悄悄，連美食街都冷清。原來我們搞錯醫院。這樣說雖然對中槍的人很抱歉，但那天晚上真是高興。我們不過是想要僅僅有一個晚上陶醉在知道要去往何處，而逃避眼前早就被落石給堵上的路。

我最羨慕的是她從小有自己的房間。到她家去玩，她心情好的時候，准我進她房間。但是到後來，她的房門永遠是關上的，不許任何人踏入，包括同住的家人。她的表情也越來越像那扇堵住房間的門，越來越冰冷，不開口。

她的母親問我，為什麼會這樣呢？

我也不知道為什麼，我說。

每次她走出來，只開一道細細的門縫，並且立即關上。手機訊息，已讀不回，甚至直接關機。再後來，她突然宣布遠行。去多久，不知道，幾年吧。自己。三天後就出發。

我和她母親都知道沒辦法留她，只能由著她去。

「我覺得我真的自願性丟掉好多朋友，但是人生不就是在拋棄和被拋棄中度過……」甚至，我是有點羨慕她能說走就走，拋下全部。這些明信片就是她在路上寄來的。

旅行夠了，她當然回來了。但房門還是關上的，而且關上的時候越來越多，走出來的時候越來越少。好不容易約到見面，她經常突然臉色一變，轉身就走，不管我在後面怎麼喊怎麼追。她也不知道為什麼。

每一次見面，我只好都當這是最後一次。不知不覺過了很久，記得好多個最後一次見面，想不起來真正的最後一次是多久以前。發現的時候，已經沒人聯繫得上她。

她一定還在房間裡吧。

好多年前，那天我讀到托爾斯泰的〈三個問題〉，下班後打給她，在電話裡把故事說給她聽，年輕的國王想知道什麼是最重要的時間？誰是最重要的人？什麼是最重要的事？然而來到他面前的學者卻給他不同的答案，於是他決定離開宮殿，前往智者的住處去尋找答案。

我坐在書桌前看著牆壁，電話裡她沉默一陣，於是我鼓起勇氣繼續說完。「智者說，你已經知道答案了。最重要的時間是現在，最重要的人是身旁的人，最重要的事是你能為身邊的人做的事。」

我要哭了，她說。我就知道，我心裡想。

我還知道我們其實沒辦法真的幫到對方，但就因為如此，我們才能了解彼此、忍受彼此。包括最後她的消失。我們能為對方做的事，就是靜靜等在房門口，連門都不敲。

隨身聽

隨身，聽。以兩個意象組成，強調隨時隨地的功能。如今看來，顯得如此過時。

在３Ｃ還沒成為生活必備時，口袋裡包裡有這麼一臺，只要戴上耳機，就能隨時隨地打造個人空間，沉浸在聽覺樂趣中，不受打擾。

在美術館裡看著導覽志工熱心講解展品，狹小昏暗如防空洞的空間裡擺了隨身聽和腳踏車，圍著聽的年輕學生還真有不少沒見過這玩意兒，這才發現隨身聽真的越來越少見。

童年時隨身聽普及，不多的價格就能買到，只是便宜的容易壞，貴的功能又太多用不上。那些容易壞的，有時候擺了一陣子，敲敲碰碰，不知怎地又好了。有時候不過是一時大意忘了換電池。因此之故，在抽屜裡翻到一臺半舊品，大人也就隨我玩了去。

通常是巴掌大的機身，幾個固定的按鈕操控播放、暫停、停止、倒帶、快轉、錄音。用圓形、方形、三角形等圖案示意，幾乎後來被沿用在各類播放鈕上。機身側邊可調整廣播頻道和音量。雖然只是簡易的按鈕，卻能讓孩子享受到控制的樂趣，在大小事情都被管束的年紀裡，擁有一臺隨身聽，彷彿就能遁入祕密基地。

隨身聽取得後，再來就是錄音帶。國中以後，存幾個禮拜的零用錢就能買一捲。不過我印象深刻的反而是更小的時候，從家裡搜出的錄音帶，A面是傑克與魔豆，B面是阿拉丁神燈。每夜睡前蒙在被子裡反覆聽著，像進入睡眠的儀式。後來又搜出兩捲，分別是魏龍豪與吳兆南以及李立群與李國修說的相聲。我耳朵貼在喇叭孔上一字不漏地細細聽著，想把每句話印在腦袋裡，那是有生以來第一次體會到語言的精妙。

隨身聽與錄音帶在我心中是密不可分。機身的尺寸幾乎是為了因應錄音帶而設計，像一件合身而筆挺的外衣。外衣裡頭包覆的是用聲音傳達的祕密，在不同的耳邊迴盪。這個祕密有兩面，此面與彼面知道對方的存在，卻永遠見不著面。就像我們都曾幻想過的另一個可能的人生，在平行的世界裡與我有著高度的相似，卻用些微的差距使我永遠無法抵達。

有一陣子迷上買空白錄音帶，在零用錢不多的時候，翻錄正版專輯。聽膩了以後，就直接再翻錄別捲專輯。有時因為內容長度不同，播放到最後能聽見兩捲帶子的重疊。像是用很便宜的方式剽竊一個又一個別人的人生。

不過貪便宜總在最後會壞事。

那些翻錄的帶子聽不了多久便紛紛卡帶。打開隨身聽蓋子，錄音帶裡的磁帶像菜渣卡在牙縫一樣，捲在機件上，輕輕一扯就能扯出長長一條。這時候就用食指戳進錄音帶中間的齒狀孔洞，把磁帶一點一點捲回去。上課時，經常看見偷聽音樂的同學在抽屜底下捲著，如今想來是這麼的單純。

嘴唇

認識這一家人時，首先注意到的是他們的嘴唇，清一色的暗紫。中年的女兒、上年紀的母親以及還在念小學的孫子，都有著色澤又深又厚的嘴唇，像是被凍得發紫。

而不笑的時候，會令人誤以為他們寒著一張臉。

女兒和母親合力扶養著小男孩，愛之疼之，也不乏傳統的管教，不時打罵，但總歸感情緊密。小男孩也習於應付媽媽和外婆的情緒化，知道捱過了一場風暴，緊接著又有一頓或慰勞或犒賞的甜點零嘴可享用。大概這般的循環日日搬演，小男孩有著被寵愛才特有的圓滾身材。挨罵時，他只顧著用力嘟著紫色的嘴，像一尾剛撈上岸的章魚。

後來我才知道，女兒早幾年已離婚，和前夫兩人的工作地點是在偶爾會經過的那座殯儀館，工作內容是清潔大體。至於潔淨後是否還要負責梳妝，就不得而知。

我不禁想像夫妻倆人日日在幽靜的館內，共同擦拭一具具靈魂離去後留下的物質存在，細膩地整頓陌生人生的最後一段路程。也許在那異常冰冷的工作間裡，除卻自己的體溫，只有對方的溫度還能透露著生之溫暖，情感也就順其自然展開。結婚、生子，雖和生死一樣不過是人生的另一種套路，在某些時刻，能踏上其中卻也是一種幸福。

女兒閒談時常常提到小男孩的調皮，更多是令人頭疼的頑固。他用善意的距離聽取著大人的教訓，不回嘴，也不讓步；不參與，卻也不離開。跟誰學的呢？女兒最後總是長嘆一口氣。

有時候從談話間不禁好奇夫妻倆離婚的原因，但話題總是順著軌跡滑溜過去，並不是刻意繞開，而是彷彿沒這事兒存在一般。我偷偷猜想，也許是工作久了，看慣了死別，看透了無常，看淡了生離，也就散了。又或者是在冷暖人間裡，終究生者不如逝者來得忠誠、順服，不如就貼從那恆常的涼意。

這其中沒有太過哀傷、聳動的情節，不過又是一段夾雜在生死之間的日常波瀾。退到時間的地平線盡頭回望，那一道道驚滔駭浪也被化約成細小的起伏，聊以妝點的花邊。

女兒出門工作、孫子上學時，母親閒來無事種蘭花自娛，成果不錯，也分了幾盆給我。可惜我不善於照料，素雅淨白的蘭盛開一些時日後，幾乎是講好了似的，兩三日間便毫不留戀地萎去，落在地上像捏皺的紙團，已忘卻紙上曾有的隻字片語。

小男孩見到光禿禿的蘭枝掛在窗前，空照著日頭，想起外婆的叮嚀，要我取下讓他帶回去。外婆可以把蘭花救活，他神祕兮兮地說。

怎麼救？

用我的尿。說完，他抿著嘴笑得可高興了。

電話

沒有任何東西可以消滅話筒裡這個聲音對我的暴力侵犯。我無能地痛苦著，任它摧毀我所知覺的時間、計畫以及義務。——班雅明

十四歲時愛上電影《西雅圖夜未眠》（*Sleepless in Seattle*），那時候就已是放在錄影帶出租店的舊片。說真的，這部電影的海報一點也不吸引青少年，兩個一看就是中年的男女在各自的黑夜白晝裡相對遙望，從服裝到髮型都老氣橫秋。陰錯陽差借回家後竟從此成迷，至今仍是兩位主角的影迷。

由梅格．萊恩飾演的安妮在深夜溜下床，躲進儲物間裡和閨密講電話，只因當天深夜電臺裡接到男孩打來的 Call In，想替鰥夫老爸找新老婆。由湯姆・漢克斯飾演的山姆逮到半夜不睡覺的兒子，接過電話，在電臺裡主持人咄咄逼人的問話下，不經意長嘆和失語，打動全國寂寞女子的芳心，引起熱烈迴響。

中年微胖的山姆穿著睡衣，在未點燈的客廳，拉著長長的電話線接過聽筒，彷彿是對著窗外，對著亡妻，或對著窗上自己寂寞的倒影傾訴。窗外是浸染在黑夜中的碼頭，不明的燈火點點閃爍，只有朝電話吐露的話語飄蕩在其中。聲音投向聽筒的那一刻，像水被海綿吸收般，倏地消失，比石子投入海中還要悄然。

轉盤或按鍵、無線或有線、私人或公共、市話或手機，自電話問市以來便擔負起繁重又私密的任務——持續傾聽。如神祇般，垂目諦聽跪拜在壇前的信徒，喃喃著憂喜云云，不發一語。

出於對溝通的渴望，人們拿起電話撥號，數字便成為有意義的排列，且如咒術般能引起幻覺，帶來痛苦或興奮。

而任何等過電話的人都曾深受其害，比起站在街口、窗下盯梢，還能藉身旁流動的景物度過難耐的等候時光，守著電話枯等是一場酷刑，其本身的沉默像是樹立一道結界，明確規範禁止通行的起點。也因此，當炸裂一般的鈴響時，會在靈魂裡灼上徹骨的疤痕，往後偶然再聽見鈴聲時，疤痕仍會隱隱作痛。

大學時在外地念書，一找好租屋處，接著就去申請電話。擁有一支個人的電話號碼是成年的象徵。

不知道是不是因為我總躺在地上講電話，電話機習慣擱在房間的地板上。房間在稻田邊。寂靜的夜裡，那名年輕男子會打來找阿如，儘管每次都告訴他打錯了，但掛掉不久後，他會再次打來執意要找阿如。他的聲音每回都如此疲倦、絕望，有時還帶有醉意。幾次以後，就非拔電話線不可，否則整夜不得安寧。

白天，電話卻是沉靜的，和白磁磚地一同吸收落地窗灑進的陽光，積蓄夜晚嚎叫的能量。

那四年裡，我接起電話，像是延續這名男子薄弱的希望，讓他仍能依戀著某串數字所引發的震動、聲響，以及被接通後的釋然。至於是誰接起的，已經不重要了。

皮膚

孩子都是喜歡被擁抱觸摸的。產後第五天，病房即來了一位按摩師，帶著塑膠道具娃娃，指導我們如何替嬰孩揉捏，藉此達到身心撫慰與增加親子互動。返家後，手勢技法全不記得，但是看到嬰孩肌膚誘人的粉嫩模樣，任誰都會不由自主地又抱又摸。

孩子是最直接的。他初生的皮膚敏感，感到舒服便靜靜的享受著，甚至睡去。感到不快，太冷或太熱，衣物太過粗糙或抱得不舒服，隨即張口大哭，一點都不客氣。皮膚是人體最大的器官，覆蓋全身，作為身體與外界的第一道保護層。出生時視覺、聽覺都還沒發展完全，但皮膚會告訴嬰孩什麼是好的。因此，即便初來乍到這個世界，孩子知道自己喜歡什麼不喜歡什麼，涇渭分明，沒有商量的餘地。在語言還未降臨之前，他用哭聲表達喜惡，是建立第一道人際界線的方式。

經常看著孩子能夠如此清楚知曉自己所要而感到震撼，並且為他感到驕傲。

那麼我們又是從什麼時候開始失去人我的邊界呢？

青春期時，經常因為臉上的青春痘而深深困擾。洗面乳、保養品沒少用，同儕間還流行絲瓜水、綠豆粉敷臉，也都試了。滿臉的痘不減反增，形同青春快速繁殖的各種小煩惱，雖不是大問題，但一多起來就令人生厭、苦惱。

聽說南部因為氣候較熱，皮膚終日出油，青春痘難治，又加上日晒使得膚色偏黑，與坊間所推崇的美學標準「一白遮三醜」完全背道而馳。更可恨的是北部的親戚一年裡難得回來一次，膚色果真白皙亮麗，膚質光滑，一粒痘都不生，令人欣羨不已。還記得不識相的堂哥指著我滿面油光的臉問，這些紅腫是蚊子咬的嗎？我一時羞憤語塞，只能點頭敷衍。

體內茂盛的賀爾蒙日夜不停催生紅腫的青春痘、黑色的粉刺、白色的膿包，止不住的皮脂腺晝夜不息分泌油脂，就像過度在意的他人目光，堵塞住剛要成形的自信心，使鏡中的自我因油光反射而越來越模糊。

熬到成年後，視覺與聽覺能力發展至最大化，不只能看，還要學會看臉色，不只能聽，還得學習聽出言外之意，因而越來越多妥協。在人我關係特別緊密的華人社會，為了更圓融，必須隱藏自己的好惡，順從於大團體的善惡，只好一點一滴棄守自我的界線。甚至也學會了口是心非的體貼，皮笑肉不笑的世故。

這幾年間，暗沉、鬆弛、粗糙的問題一一浮現，皮膚中的膠原蛋白與年輕時無謂的執著皆流逝殆盡，昔日異常在意的痘疤則早已淡去。

這才領略到，擁有一身衰老的皮膚就更無所畏懼了。雖然保溼功能不佳，但是更懂得保有自我，雖然不再細緻得吹彈可破，但也不怕跌打損傷。

終於，對著鏡中，能夠再次看穿皮膚下的自己。

鏡子

人要看見自己是很難的，因此發明了鏡子。

不管幾點起床，在鏡子前漱洗、打理、梳頭，是一日不可少的開始。匆忙出門後，又對著電梯裡的鏡子做最後確認。但好好看著鏡中的自己，卻是好久以前的事了。

有些人愛照鏡子，有些人不愛。我則是怕看見鏡子。

理由說起來可笑，不過是童年時跟著同伴瞎起鬨，在學校合作社買了一本收錄世界怪談的書（還不便宜呢），書裡提到半夜起床上完廁所後，睡眼惺忪地洗手時卻瞥見鏡子裡有張陌生的臉孔……書裡另外還有膝蓋會浮出聖母臉孔的少女、頭髮會不斷生長的娃娃等，且附精美彩圖（怪不得這麼貴），真是足以把孩子們嚇得屁滾尿流。直到現在，半夜起身我總刻意避開鏡子，就算上完廁所要洗手，也只敢低頭盯著水龍頭。為此，家裡其他地方乾脆不掛鏡子，以免夜裡把自己嚇得魂飛魄散，照鏡子的機會就更少了。

越來越沒時間照鏡子後的生活，更常想起幾年前聚會時那張鏡子般的臉孔。並不特別美或醜，沉默卻不孤僻，安靜地坐在人最多的地方，成為眾數的一員。在團體照裡，經常漏看了她，但仔細一瞧，每一張都有她。因為鮮少引人注目或是發表意見，她的舉手投足都合乎人們能接受的樣子，每個人看見她時都好似對著鏡子看見自己，她笑著你所快樂的，她嘆息著你所悲傷的，讓每個人都心安理得和她做朋友。

出於羨慕的惡意，有時我會忍不住從背後悄悄觀察著她。畢竟唯有站在鏡子背面才不會被照見。她陪著已經嫁做人妻的朋友一同帶著孩子在遊樂場溜滑梯，亦步亦趨跟在剛學走路的小小身影後頭。當她轉過頭來時，我像害怕照見鏡子般趕緊別過頭去。再過幾年聽到她的消息時，這次換她嫁做人妻，剛產下健康嬰孩，建立起她四平八穩的人生。

鏡子，如實反映出眼前所見，分毫不差地在有限範圍內將真實呈現給人們。

但是當人們背過鏡子走遠後，鏡中的那人會否毅然決然一同離去？會否佇立在原地注視著？或者如史帝芬・茨威格〈一個女人一生中的二十四小時〉中與初識的神祕美男子私奔的人妻，「在人生中的某些時刻，一個女人會情不自禁、不明所以地聽任神祕力量擺布，這是顯而易見的事實……」逃脫出硬生生的框架，成為另一張臉孔？

即使發明了鏡子，人要看見自己還是困難的。

後來我也學習模仿成為鏡子的技巧，寄生在眾數裡，笑著人人所快樂的，嘆息著人人所悲傷的，並偷偷竊喜著不做自己的愜意。

只是偶爾遇見同樣化作鏡子的人，我仍會快快地走避，恐怕兩面鏡子相照，卻無形無影，無臉孔可辨認，這將比見到魑魅魍魎更令人驚心。

衛生紙

我必得離開這裡……就在家裡的必需品快要用光之前。

——韓麗珠〈感冒誌〉

母親去世後，留下最多的是衛生紙。

老家的透天厝整建時，在母親的堅持下，上上下下共修建四套衛浴，每一間的置物架上都擺放幾包備品待用。在面對家庭生活巨變的當口，誰也沒有心情去理會關於衛生紙這類小事。起先我以為只有樓梯間下方的儲物櫃囤積著數量可觀的衛生紙，以及流理臺下餘下幾捲廚房用紙巾。

後來，當手邊的數包都用盡，需要添置新的，才赫然發現母親竟如此善用儲物空間，如松鼠搜集果子般，存放了大量的衛生紙。每回又探索到新的收藏處時，彷彿能聽到母親得意的笑著。不禁想起香港小說家韓麗珠筆下的家人，是可替換的日用耗材。特別是在〈感冒誌〉中，母親要離家的前夕，特地到超商預訂了「功能相同」的代用品。

而母親的功能之一，便是維持家用品的源源不絕。

家裡那些彷彿生生不息的日用品，曾經令人以為，時間從不曾過去，我們將會一直以相同的姿態，跟從不改變的對方，在同一所屋子裡，日復一日地過活。

洗衣粉、橡皮筋、牙刷牙膏、香皂、垃圾袋、膠帶、燈泡、電池和衛生紙，只要家中的消耗品豐盛無匱缺，母親即使被代換成他物，似乎對其他人的生活影響也不大（有時候還會因為母親的暫時缺席而竊喜）。甚至，母親本身化約成一件日用品項。

衛生紙又是其中價格最廉、最易消耗、最不被憐惜的。用餐、如廁、擦拭，及或為了鋪墊、包裹，作為隔絕的填充等，一張接一張被取用。它以純潔脆弱不惜沾染穢物，隨即被揑揉擠壓，捨棄。

唰地一聲，又是一張，原本鼓脹呈飽實的長方形袋內漸次消癟、塌陷，終成空洞的棄物，發出徒然的窸窣聲。

後來陸續整理母親的遺物，在她衣褲口袋裡、各種款式的提包夾層裡，又掏出許多疊得厚厚的衛生紙，好似珍藏的書信，因時間久遠而發黃，上頭的字跡也消褪，只留下空白。不知從多少年前起，她習慣隨身帶著一疊衛生紙，猶如護身符般帶給她安全感。而心愛的飾品、不常穿的鞋子裡，都塞著裹著覆著衛生紙。有幾次我開玩笑說，這麼多的衛生紙如果是鈔票就好了……

那一張張用柔軟棉絮壓製成的潔白，輕而薄得像是母親靈魂的其中一種化身，在家裡四處可見，又因堆疊而厚與韌，讓時間無法穿透，一些記憶便無法消散。就像不管過了多久，還是會想起母親的點點滴滴。

直到她離世近兩年，在老家頂加的置物間裡挖到一串未拆封的衛生紙，依然令我吃驚，彷彿母親用這樣無所不在的方式守護著我們。

好像母親的離世，也不過是為了去採購家用品而暫時缺席。

頭髮

越是忙碌的時候，越常掃地。

在長長的待辦事項中，茫然不知從何處著手，習慣先拿起掃把，依照順序，把家裡的每個角落掃淨。

屋裡並非整日開窗，掉在地上的垃圾也會即時撿起，因此地上累積最多的是頭髮。Y的短髮、孩子軟軟如細毛的頭髮和我的長髮，散落在生活的空間裡，最後聚集在畚斗上。

掃地最不容易的，也是掃頭髮。頭髮輕飄飄的，掃把一揮，就飛散開來，好不容易掃到，又纏在掃把末梢成了頑固的凌亂線團。

而真的忙到不可開交時，只要低頭看看地上便知道。幾日沒掃地，牆角和桌下四處可見髮絲，映照出心情的不平靜。

為了消解紊亂，於是掃地。

朋友一家人搬到國外居住時，趁家人白日外出工作，朋友的母親獨自在新居打掃，撈揀堵在浴室排水孔的頭髮。起初以為只是幾條細絲，抽出來就沒事了，但細絲連著細絲，牽扯不盡，不同髮色的前住客在綿延不斷的髮絲中一一重現。據朋友的母親描述，拉出來的頭髮竟有如一個人頭般大小。聽聞此事的人無不覺得驚悚。

日本女詩人與謝野晶子的著名短歌集名為《亂髮》，以簡練的字句與意象，坦率暴露出女人內心的矛盾、深邃、任性和執著。古往今來，女子在髮型上下的功夫比男子多上許多，頭髮最能代表女性的情感，因此她以亂髮描寫難以理清的男女情愛，「千絲萬縷的／黑髮，亂髮，／覆以混亂的／思緒，混亂的／思緒。」女子愛美，必定愛惜頭髮，常要梳理整齊。無奈頭髮不易控制，除非抹上厚厚的造型產品，否則總會有幾撮預謀背叛的亂髮透露祕密。

還有髮禁的年代，校方雖不至於要求剪到耳下三公分，但髮尾至少要短至肩膀以上，這個規定讓我在國中時吃足苦頭。我的髮尾稍微剪短就會像突然擁有起各自的生命般，隨心情翹向不同的方向，總不能安分伏在頸後。在青春期少女心中這是莫大的事情。只好每日不停地摩娑著尷尬的髮尾，躍動不已的心情卻從未平息。

往後也曾留過幾年的短髮。如今已不輕易剪髮，勞動時，就把長髮盤起。

由於深愛掃地帶來的平靜與掃後的成就感，當市面上推出掃地機器人時，心中有一部分覺得被冒犯，彷彿一個重要的心靈儀式即將被剝奪、取代。但最後不敵生活，還是添購一臺。

連日來，陪同父親就醫，每回經過那座小路橋，總忍不住停下來望著橋下的水草，意外地豔綠。在淺淺的水流中，水草如髮流，在水中看似紛亂但又一致地擺盪，像一頂搖頭晃腦的青髮，不受橋上車流打擾，沉浸在思考中。

好不容易趕回家，脫下一身厚重衣物，迫不及待打開掃地機器人的集塵盒。看見裡頭蒐集了滿滿的頭髮，感到再多煩憂好像都能解決。

電燈

我們能夠告訴別人的，全部都不是真的。

——崔舜華〈回顧的人〉

電燈是通電的神明。

藉由電力的竄流，不倦地傳唱祂們的神話，藉由電力的普及滲入家屋中，從上而下盤據在每個天花板（你可曾見過沒有燈的天花板？），從而監視卑微的人們。

祂無所不在，因為眾人賦予的信任和依賴，使得祂法力無邊，並得以用各種形式出現。

祂毫不留情，讓隱身在黑暗中的都無處躲藏，又讓依附在我們腳下的影子更加墨黑。是以，我們對祂更加信任更加依賴，甘願被祂透視，祂便取得更大的權限二十四小時直接照射。

因為神明不可直視，故我鮮少抬頭，總是認分地低頭忙碌。

但我總會想起那次終於遠離我的神，短暫幾日踏上旅途，睡在網路上事先預訂的民宿，和旅途的同伴分配好住房後，隨即拖著行李箱進到我獨享的房間。推開落地窗是整潔宜人的窄巷，鄰棟公寓的外牆與半戶外樓梯間都散發著和諧友善的氣息，很難想像兩條街之外就是著名的風化區。每天一入夜後，由七彩燈光組成的絢爛嘉年華會在此拉開序幕，阻街男女們都像一盞魅惑人心的串燈，讓路過的人頭暈目眩，讓尋芳客神魂顛倒。黑沉沉的夜幕也

不禁這般耀眼的照射，終於在夜晚最深沉的盡頭一路退去直至發白。徹夜放縱的人們要在街口喝下熱湯麵，打了一聲飽嗝後，最後一盞等門的夜燈才不情願地捻熄。

我們只是過客。

每日行程結束後，提著一袋水果或點心，雙腳痠疼地穿過燈紅酒綠的街區，回到靜謐的公寓。彷彿所有人都去狂歡了，只剩下我們笨拙地跟不上熱鬧的隊伍，只好摸摸鼻子回來守著。一瓶啤酒、幾口熱食下肚後，和旅伴道過晚安，迫不及待回房，打開燈——整趟旅程最教我迷戀的一盞燈，是我所崇拜的新的神祇。

在祂的照撫下，很快就累得睜不開眼，沉沉地睡去，沉沉地穿過睡眠的區域，終於能踏足在記憶的埋藏地，撥弄著平日因過於忙碌而無暇整頓的殘片、斷羽、失物及倉促間仿造的拙劣贗品，以及隙縫間無數的粗沙礫。

就這樣不知道下潛了多久、多深，總之因為堆疊得過於繁複且積存得太深厚，稍有碰觸就會引發大規模鬆動，一些被堵塞的密處終於疏通。我在睡夢中感受著從地底冒出的起伏，自然而然地開始不可遏抑的哭泣，由弱漸強，直到把我推到意識的地表。醒來後，祂依然在看著我。

旅途後來的幾天中，幾乎都在期待著回到房間，打開燈，向那道不熟悉的光無聲傾吐，被祂淨化，領受那分疲倦卻輕鬆的恩典。

那一刻才明白，我是蛾，祂是慈悲的神，見我烈烈撲火，卻不忍將我燒毀。

而旅途回來後，我又繼續過著沉默的黑影般的生活。

撲滿

「要殺了喔。」我點點頭，示意Y動手。沒有殺豬刀，只好拿美工刀將就。

幸好刀鋒還算銳利，鋸了老半天，終於在豬背上開了一個洞。我們把豬肚朝上，使勁兒搖，叮叮噹噹，錢幣一枚枚傾瀉而出，還有一股錢幣特有的氣味竄出，在客廳的地上流淌成一片銀白與褐色。

一年多前把撲滿從老家的二樓房間連拖帶拉搬到樓下車庫，即使過三十多年，我已長大成人，還是為著它沉甸甸的重量感到吃驚。如果說這只撲滿比我還老也不過分，畢竟從有記憶以來它就深深藏在母親的衣櫃裡。

那只衣櫃是母親的嫁妝之一，和梳妝臺是一套的，外層貼著白、草綠色的木片，做工厚實，但並不特別貴重，顯出早年人的敦厚。至少在這漫長歲月裡，它們並不像後來買進的系統家具不經重物，使用三五年後就崩塌歪斜。

那只撲滿也是。

我們家都稱它為大豬公，塑膠硬殼，通體豬肝紅，眼睛往上斜，好似永遠嘟著嘴發脾氣似的瞪著人，身長約相當於一顆肥腯腯的枕頭西瓜。真想不透父親當初買回家這麼大一個撲滿懷的是什麼樣的雄心壯志。堂弟幼時寄住在我家，耍賴起來什麼人都拿他沒轍，唯獨這只大豬公能嚇唬他乖乖聽話。

沒人知道大豬公裡面到底有多少錢，依稀記得父親偶爾揣著幾枚硬幣讓我們投入豬背上的孔洞，它吃進這些零錢後，也老老實實地增加重量，直到再沒人抱得動它，就此靜靜盹在角落。玩捉迷藏時，我喜歡躲進衣櫃裡，一面等著被找到，一面撫摸母親的洋裝和肥胖的豬身。

我原本以為這些時光都會原封不動被收藏著。

好不容易把撲滿弄上汽車後座，把車交給託運公司連夜運上北部。車子北遷上路後過沒多久，正式宣告停工，撲滿則再次被塞進新家的衣櫃裡。

大兒子出生後的第一個夏天，為了讓家裡騰出更多收納空間，大豬公再次重見天日，卻是被宰之日。初生的嬰孩全身軟嫩窩在搖椅上，還比不上這隻即將被掏空的撲滿來得重，他看著我和Y趴在客廳的地板上，將零錢十個疊成一落，十落排成一排，整整齊齊地。

太宰治的短篇小說〈貨幣〉以百元鈔票的視角生動地寫下第二次世界大戰日本社會的時局動盪、物價漲跌，及其中的人情冷暖。百元鈔剛發行時，意氣風發地在世間流通，被人珍惜。但隨著物價上漲，百元的價值越來越低，交易過程中留下汙漬與摺痕，最後變得破舊不堪。

而從大豬公撲滿裡掏出的，有不同年分發行的一角、五角、一圓、五圓、十圓，且多半是已經停用的硬幣，見證了時代的變遷。現今使用的硬幣則少之又少，回想那時候我們業已長大，不再眷戀父母身旁索討零錢買點心玩具。

我們都迫不及待想知道撲滿裡到底有多少錢，畢竟是存了三十多年的心血，加上了時間的分量，總覺得應該很值錢。但心裡又隱約覺得，如果真能值上幾個錢，怎麼會被遺忘這麼久呢？

太宰治筆下的百元鈔在故事尾聲和另外五張同伴被剛從火場歷劫歸來的男人塞進嬰兒的襁褓中，作為答謝嬰孩母親的救命之恩。雖然曾被蹧蹋、玷汙，見識過人世間的黑暗，但在這一刻，百元鈔卻感到不可思議的幸福，超越了其本身的價值。

我捏著這些大大小小的銅板，兩隻手被染得灰黑。現在，它們疊成一座座的小塔，坐落在發亮的磁磚地板，好似被遺留下的微型遺跡。點數完錢幣後，又被一口氣推平，分別裝進袋子裡，拿到銀行兌換成一張千元鈔和幾張百元鈔，加上一些零頭。

「就只有這樣？」我雖然嘴上不甘心，卻也感到一種令人哭笑不得的幽默。大略是玩完一盤大富翁，結算手上的籌碼，不管輸贏，總歸走到終點的釋然。雖然，某些過度被放大的期待好像漏風的氣球，萎縮成皺巴巴的樣子。

那些錢後來放進皮夾裡，不出幾天的時間就消耗在家用開銷上。這件事，也就這麼給忘了。

直到小兒子出生後，看到他躺在嬰兒車上小小的模樣，讓人又想起那只大豬公。

總是在這樣的時刻會想到一些事情的起點，以及在眼前的起點之前，更早的起點。

這幾年為了照顧家人，閉門在家的時間居多。或者說，心思多放在家裡。況且日日也緊密得容不下多餘雜念。一些微小的物件、片段、事件，就是一天的全部。越來越能用平常心看待這些微小，讓一個物件只是一個物件，又不只是一個物件，讓片段與事件焊接成牢不可破的形狀，去接納、裝載、抵抗和阻擋。似乎早在童年時期就預先熟悉了這些累積的趣味，因此我是甘之如飴的。

小兒子出生沒幾天後，剛好是我的生日。那天早上，Y對孩子說，天上的阿嬤在好久好久以前的今天，生了一個小孩。我那時候正苦於產後蕁麻疹，成天全身發癢，心煩意亂，在旁邊聽了竟一時沒會過意，一直想著那個小孩是誰？

直到下午，我才恍然大悟。

肚皮

醒來時，直覺先看向窗簾。

窗簾的邊緣若透著銀白，表示天已亮，也就乾脆起床靜靜吃早餐，盤算當日的行程。不過，十之八九窗簾像閉著的雙眼，意識的裡外都是濃濃墨黑，醒著的只有我，還有距離十幾個街口外的銀行燈箱，徹夜放光。

懷孕後期維持多年的作息被推翻，常常就在不該醒的時候醒來。據說這是因為賀爾蒙改變，醫生不以為然地說，這妳要自己想辦法，看怎麼調整姿勢比較好睡。

懷到最後幾週時肚皮奇癢無比，不只是上萬隻螞蟻在皮膚上叮咬，但若要更傳神，則是爬進骨肉裡又爬又啃。

那時是冬天，我每天幾乎是心懷感激地往乾癢的肚皮上塗抹厚厚的乳液，慶幸自己沒遇上更慘的症狀。可一旦入睡，螞蟻雄軍便聲勢更加壯大，爬滿全身，一隻接著一隻輪番囓咬。只好醒來，頹喪地坐在床緣，掀開衣服不住地用利爪對抗。

後來幾乎是抱著期待的心情迎接天亮，迫不及待出門讓身體浸淫在冷風中，讓低溫冰鎮燥熱的身體，讓走路代替其他的感官，讓自己成為蟻軍之一。

走累了，便到家附近的咖啡店，固定坐在落地窗邊的座位看書，盡可能延遲回到蟻穴。有時乾脆走到菜市場，挑幾把菜回家。不過也就幾把菜而已，肚皮負重越來越難以承受，手裡再多添幾樣物品就吃不消。這時還能稍微保持點優雅。

直到第二回懷孕遇到夏天，每一步都像是在泥沼中前進，不多久全身都濃稠如泥漿。路人稍一搶步，都能讓我停下在路邊喘上好幾口，狼狽不堪。

抽筋、胃食道逆流、水腫都是常見的狀況，特別是夜裡翻身時可比地牛，但震動的不是大地，而是自己痠痛的身軀，一不小心就會觸發抽筋，如雷擊般讓人頓時驚醒坐起。電流無情勒住肌肉，腳趾扭曲，我仍心懷感激，這些都是忍耐便會過去的。

肚皮裡也沒閒著。孩子各有自己的脾性，在肚裡就能分辨出，但拳打腳踢起來時可是誰也不讓誰。在胎兒永夜的世界裡，翻滾、碰觸、伸展，每一次都越來越能感受到他的手腳結結實實長出筋骨，生出力氣，盤古開天般推擠著包圍他的子宮。圓滾的肚皮變形成海浪，一波接一波翻攪著，我的手是沉浮於海的船隻，輕輕游移對話。有時會從海裡跳出一隻海豚，那是孩子的腳，或手。海豚時而深潛，我的臟器一陣疼痛傳來，仍心懷感激。總比不會動好，醫生照樣一面將儀器滑過我的肚皮，一面司空見慣地說。

生產後，我驚愕地站在浴室的鏡子前，那是一張被塗鴨、修改、重複上色，並且被捏皺後又攤開，卻無法再恢復平坦，將永遠記錄著曾經歷過的拉扯、撕咬的痕跡。我，我們，悄悄地把衣物拉下，遮住過早衰老的一部分，過於柔軟的一面。

落地窗

你注意到了嗎？

電影裡那些失意潦倒的人，他們既無生之喜悅，也嘗不到死之痛快，日日夜夜被命運綁縛，作著困獸之鬥，就像希臘神話中被鎖鍊在高加索山的普羅米修斯。走不出的困境或心魔就像宙斯每日派出的凶猛老鷹。鷹活活啄食其肝臟，隔日肝臟復生，又重複啄食，使他痛苦卻不得死去。在這樣的人家裡常常有一面落地窗，掛著透薄如羽翼的窗簾。因為薄，能見到陽光的明媚，卻被隔絕在一面薄簾之外，全世界的陰鬱暗影都被鎖在寂靜的屋內。外面聽不見裡面的聲音，裡面看不見外面的明亮。窗外越是明朗燦亮，裡頭的人越是絕望。彷彿連那樣子的陽光都成為一種枷鎖，沉重地銬在他的頸項上。

當然不是所有的落地窗都刻意隱瞞屋內的陰暗。

有些則通往寬闊的陽臺，朝街道、海濱、遠山伸出擁抱的手臂，像是自然便能享受世界的人一般，隨時準備好要敞開心胸懷抱全世界。卻不知為何，你真心害怕這樣的人。他們的歡快開朗像一張會膨脹的帶刺網子，在出其不意時會擠壓得讓人透不過氣，讓人刺痛。

你或許也曾有過一座落地窗。

不過在壅塞的都市裡，落地窗外只是一條狹長通道，舊式橘紅色地磚，通道底擺著二手洗衣機，靠牆倚著百元商店買的晒衣竿。由於棟距近，封閉式鐵窗隔著防火巷幾乎要與對面公寓貼上。為了顧及隱私，只在晾衣時走到外頭，其餘時候窗皆緊閉。你掛上兩塊IKEA買的窗簾，純白，方格樣式，想要藉此爭取多一點日照讓屋裡採光好些，好像陷入困局的人生能因此有轉圜的餘地，卻沒注意到陽臺上的盆栽不知幾時已枯萎死去。過一陣子，連窗簾都沾上灰塵，再無法白得透亮了

搬離那間房子後，你不再迷戀落地窗。不知道是因為房子的關係，還是自己的關係，總之你不再像從前總是溼漉漉的了。

有時候在生活裡會見到從那樣的屋子裡爬出來的人，陰暗像抖不去的蜘蛛網，批垂著他。就算他笑著，你也知道那並不是真正的笑。你知道他的靈魂因久長的嘆息已忘記如何開懷地笑了。漸漸地，你會發現，其實大家都看得出來。

因為你還注意到人們和他交談時，禮貌地刻意避開一些話題、眼神和進

一步的接觸，像繞過溼雨後的泥濘，讓出了一片空白。好似落地窗在屋內的地板上投射出的那方光亮，將他孤立在中央。也因為刻意營造出的光亮，更顯出無光之處的悲傷。

不過你還是選擇轉身離開，不去碰觸他的悲傷，讓他像一株植物，逕自吸收陽光，等待來日再生。你學會大步跨過路上的積水，繼續走在平坦乾爽的路面，說不定再過一陣子，你會知道如何伸出手臂，擁抱。

你開始留意各式各樣擁抱的樣子。

襪子

世間的事物中會令人感到幸福的，莫過於襪子，會讓人深陷孤獨的，也是襪子。

偶爾會有幾天，沒留意氣象報告便一早出門，孰料午後一過天氣也變了，恍如隔世。從灰溜溜的雲間鑽出來的冷風直往手腳的縫隙猛攻，特別是腳踝像被兩隻寒氣逼人的利爪掐著，讓人冷得直跳腳。這時候只要套上一雙襪子，周身立時暖和，抵得過一件毛大衣，再幸福不過。因此，冬天的早晨出被窩前，我習慣先套上前一晚預先擺在床邊的襪子，再投入一日的奔波。

直條橫條格紋、素色雙色拼色、花的或幾何，抽屜裡的每雙襪子都代表對溫暖的一絲期許。選購襪子時，我總幻想這雙襪子曾掛在烤著火的壁爐邊，從此封存著永恆的暖意，成為上頭交織的圖樣。

但是，世上沒有穿不壞的襪子。明明是一雙，但壞的時候卻不一起。一只好的，一只壞的，如果丟了壞的那只，就等於也丟了好的那只。若留下好的那只，就算拿來做成坊間流行的襪娃娃、桌椅的腳套，也不能掩蓋其孤單的事實。更何況桌椅可是有四隻腳，再怎麼樣都得和別只襪子湊，那就不是當初非你不可的天生一對了。

為此，曾有好長一段日子，我發起狠來買了十雙同色同款襪子，任兩只抓起來都能湊成一對，但誰也不完全屬於誰。它們在抽屜裡，像一群失了面孔的黑影，也失去幸福的能力。

後來，我發現世間事物中，會令人感到幸福的事物也會令人孤單。幸福和孤單彷彿一雙襪子，只是看誰先破掉。而襪子破掉的位置和祕密洩漏的方式，是有慣性的。

我的襪子向來只破右腳的大拇趾處。

起先是一點點，腳尖處的布料越來越薄，可以從扯開的縫線裡隱約看到趾甲。再突然有一天，當你把鞋子脫掉時，襪子已破得露出腳趾。而那一刻，又常常是你最不想要讓人看到的時候。

還有幾次我貪圖破洞還不大，賴皮地繼續穿著，不過將左右腳對調。原本在右腳上看來頗大的洞，換到左腳小指頭幾乎不被察覺。可是過一陣子，連另一隻襪子也被穿破時，起先不被察覺的破洞也變得越來越大。

那些破洞像心裡的祕密，被藏在鞋子裡，表面上還能維持體面，但永遠會在出其不意時被人看穿。

是啊，孤單都是從最幸福的地方滲透進來的。

從此以後，我更常注意別人的襪子。棉襪絲襪、五趾襪露趾襪、船型襪隱形襪、高筒中筒低筒、可愛花色還是單色，藏在褲管裡還是故意露出來，每雙襪子都是一個心情，一件心事，一種表態。有時我會偷偷懷疑，任何時候脫下鞋子，襪子都體面嶄新的人防禦心比較重，而露出一雙破襪子的人，有點老實得可愛。

若想要好好認識一個人，那就攻其不備，讓他脫下鞋子吧。

護手霜

當她從隨身小包裡掏出護手霜時，我分心了。

幸好她專注在擠出一大坨象牙黃濃稠乳液，沒發現我心思的飄移。根據多年來在專櫃上聽櫃姐介紹的經驗，這必定是加強滋潤型的。只不過這裡是潮溼的盆地，除非待太久冷氣房，把全身的皮膚都抽乾了一層水分，否則大熱天裡實在不需要在手上抹一把油。

塗護手霜的人多半不是為了護手。我心底有這樣的偏見。

她熟練地把管狀包裝的名牌護手霜遞過來。要擦嗎？這是女性社交的一種邀請。就好像抽菸的人把火遞過來，表示咱倆可以一塊兒抽上一支菸，趁這一支菸的空檔試試看能不能聊上幾句，了解彼此是不是同路人。護手霜也有這樣的意味。

順帶一提，這樣的人包裡十之八九有護唇膏，而且也是三不五時就換個牌子，梳妝臺上永遠擱著至少四五條還沒用完的護唇護手產品。只不過護唇膏不適合到處分享，那是要留給真正的閨密，在互相傾吐祕密時，讓憋了太久的雙唇重新被潤澤，讓內藏毒汁的話語粉飾上一層糖蜜。

果然接下來她就自顧自說起婆家的事。我很識相地接過散發玫瑰香氣的乳液，象徵性地在手上抹兩下，表示加入、算我一份的意願。

上次百貨公司周年慶時，她也買了一條護手霜給婆婆。是乳油木的。

我還想到兩三年前的夏天，遇見另一個她。包裡有兩樣必備品，一是酒精，一是護手霜。

花了好幾年時間謀職，好幾年都先將就代理缺，告訴自己明年一定會有正式職缺輪到自己。不知從哪一年開始，她一見面就先拿酒精噴咖啡店的桌子，也不管服務員在旁白眼，抽一疊餐巾紙從桌子的邊上擦起，每一處都不落下。等飲料上桌後，一邊聊天，她一邊用酒精擦手機，像文物出土般仔細。然後抽一張衛生紙墊在桌上，把手機放在衛生紙正中央，最後才掏出護手霜開始塗塗抹抹。她說沒找到正職，連戀愛都沒想談，更不可能結婚。工作，是邁向康莊大道的第一道閘門，無奈一直沒找著開門的鑰匙。

可能是從那時候起，我就犯了一看到護手霜就分心的毛病。

說話時，我不自覺盯著她們的手瞧。那雙手在細心呵護下，又細又嫩，適合當手模。雙手交疊停在膝頭上，若配上剛搽的指甲油，真像素底紅花的翩翩粉蝶。但再順著膝蓋往下瞧，雙腿的膚質就洩漏了皮膚的心事。洩密的

還有肩膀和脖子。

然而，越是如此，越要護住這雙手。這份心情我是懂得的。被別人蹧蹋，被大環境耽誤，被歲月圍剿，被青春背叛，都是這雙手在承受。如果有什麼骯髒事，第一個弄髒的，總是這雙手。最先粗糙而龜裂的，也是這雙手。

下次試試看買條茉莉香的來用吧，我心想。

綠豆湯

理想的綠豆湯必須是這樣的。

溽暑，透過必然的步行來到山林間的溪邊。蟬聲大鳴，河水因不久前的暴雨而歡快流動，溪底已滾動得圓潤的卵石卻不為所動，靜靜躺著。你全身為汗浸透，黏膩煩躁如滑溜的苔，見到清澈下的石，忍不住伸手撿拾。你的手戳破水面，傳來帶刺的冰涼，石也不負期望透著涼意。到此，旅途中的疲累得以消除，水聲蟬聲將被你拋在後方，繼續前行。

我曾喝過幾次這樣的綠豆湯。

店家隱身市中心的巷裡，在應該午睡卻仍遊蕩的下午，天氣必然炎熱。

沒有裝潢和冷氣的店突然在一列住宅間現身，顧店阿婆寡言樸素。一臺冰櫃，兩張折疊桌，幾張竹凳，都是不起眼的。直到綠豆湯被盛來，這片靜謐敘事中所隱含的深意才展露出來。可惜因為跟著同學去的路上顧著聊天，全不記得路，事後要再尋到這家無名店，彷若在溪底撈起同一顆石子般幾無可能。

些微差距，就能使綠豆湯大好大壞。

我愛的是豆少湯多，喝了清涼不撐肚，亦不用加薏仁。

更小的時候，騎腳踏車放學的路上繞到市場裡，十字路口處開了兩家冰店，鹽酥雞對面那間賣檸檬愛玉冰，斜對角那間賣冰淇淋冰沙等。我們把學校規定的白色長統襪捲成短襪，一邊聊著言不及義的話題一邊仰頭盯著櫃檯上方的價目表。

有時候點漂浮冰淇淋。口味是雪碧加香草冰淇淋，用金屬長湯匙挖冰淇淋，突然間的降溫讓身體冷得起雞皮疙瘩，太陽穴尖錐般的痛。但為了怕漏聽八卦，還是大口吃著聽著。也是從那家店開始愛上喝綠豆沙牛奶。長杯子裡裝滿濃稠冰沙，一面攪拌一面用力吸著，融化後是一灘泥。

那時候的桌上放著星座算命機，神祕紫的球體，只要把錢幣按照自己所屬的星座投入就會得到運勢籤紙。我們多半膽怯地慫恿對方投錢，單純得從沒想過機身裡的籤全部混在一塊兒，沒憑沒據，就像誕生在哪個月分全憑運氣。

畢業多年後我維持著喝綠豆沙的習慣，只是越喝越覺得脹肚，還是綠豆湯好。

喝之前先端詳淨靜的溪水卵石，再慢慢攪拌，像赤足踏入而擾動溪底泥沙。混亂中，卜卦般撈起粒粒豆石。

鼻子

全身上下我最無法原諒的，就屬鼻子。

在貧乏無起伏的平面上，陡然冒出一顆圓圓的球狀，跟鍋蓋沒兩樣。這是我對自己的臉部觀察多年後得到的感想。

這顆鼻子乃至於這張臉孔遺傳自母親，每當外人看到母親年輕時的照片都會不住驚嘆，真像哪。

我對母親的長相向來感到不滿。笑的時候太張揚，哭的時候太糾結，不哭不笑的時候又土裡土氣。簡單說來就是線條粗糙，毫無細緻的美感，像是兒童用粗蠟筆隨意撇出來的塗鴉。

我偏偏複製了這張臉。而鼻子又是整張面孔醜陋的匯集處。像是一條溼答答的抹布，從中間硬生生抓起的皺痕。

當然，我對父親長相的評價也好不到哪裡去，成長的歲月中，基本上就以無視的方式忽略過去。

童年時，母親愛指著我的鼻子得意的說，跟她一樣是蒜頭鼻，將來有幫夫運。天知道我最痛恨蒜頭，這玩意兒味道嗆鼻，名字聽起來俗氣，還好意思把這東西安在臉上，實在丟臉至極。要是有這樣一顆鼻子，連老公都找不到吧。

看到別人的臉上生得高聳的鼻子，從雙眉間緩緩聚攏的山根，一路延伸挺拔到鼻尖，像一座巍峨的山巒，精神抖擻，讓我欣羨不已。

因此，潛意識裡總覺得臉上的這顆鼻子不是我的，是霸道的誤植，巴不得能還給母親。

在對自己遺傳到這張相貌感到無奈、不滿、自卑的青春年歲裡，不能理解父母親為什麼能接納他們自己的長相，不覺得自己難看？

母親後來學會用智慧手機拍照後，總愛把鏡頭對著我們，拍下表情粗鄙、呆滯、失神又黯淡的照片，還一張張當寶似的一看再看，而她過分手震時拍下的模糊相貌反而比較順眼。

孩子還在我肚腹時，透過超音波照片就能看到他的小圓鼻子。跟我一樣。

隨著新生命誕生、成長，眼睛嘴巴與其他部位還有後續展開的彈性空間，鼻子卻幾乎早早就定型，不太會有意外的發展。

怪就怪在，這樣的五官組合放在孩子身上出奇完美，左看右看都恰到好處，只有可愛二字。笑的時候是蕩漾的湖面，哭的時候是深邃的漩渦星雲，不哭不笑時是凝定的朝露，是舔舐朝露的幼鹿。我日也看，夜也看，從此以後不再關注鏡中自己的長相，一心一意看顧著眼前這張稚嫩無瑕的臉龐。不知不覺，原諒了鼻子，接納了鼻子。

我的鼻子。一路伴隨我，屢屢遭我厭之棄之，卻總在哭泣時默默被塞了滿滿的委屈，又老實地被我狠狠捏皺，擤了又擤。一直都是屬於我的鼻子，有著我的故事。

那麼，孩子以後會喜歡他的鼻子嗎？會喜歡他的眼睛、嘴巴、耳朵嗎？還有手、腳、身體，又將陪伴著他去到哪裡，經歷什麼樣關於身體的故事？

譫妄

電梯旁的窗外，遠處有一座格外低矮的樓房，自樓頂披垂燦燦盛開的炮仗花，即使陰雨天也不能消減它熱烈的橘紅。電梯多半是許久不來，來了以後也滿座，只得再等。炮仗花兀自綻放著寂靜的煙花。

前一夜隔壁床的病患送到後，業已頭髮半白、打扮優雅的女兒在床邊待到好晚才回去。大概是怕老媽媽住院會緊張，女兒一個勁兒扯著嗓門找話說，把兄姊弟妹輪番拿出來叨唸。老媽媽倒像隻溫順的白貓，任憑擺布。

過晚飯時間，女兒打發看護去吃晚餐，又把話題轉移到這名沉默的外籍女子身上，細細算著每次住院她一餐給多少錢讓看護去吃飯，上回老五還替她買了醫院附設餐廳價格不菲的餐盒。

嘖嘖嘖，她可高興了，可以吃這麼貴的。女兒反覆說著這幾句。

過不久又像想到什麼，開始向老媽媽探聽起看護平日照顧的情況，晚上有沒有睡在老媽媽身邊，還是偷偷爬起來呢？

那晚，父親高燒，始終睡著。我反覆點開手機，無意識滑動手指，看著臉書上動態以及過量的資訊、聳動的標題和精心修剪的短片，一分鐘即能跳轉到另一個世界，一分鐘即能忘卻不久前所見。滑動的手指，意欲撥快時間的轉輪，讓凍結的狀態加速。

過度的資訊攝取，不久後就讓人頭疼。

每次離開病房，無語望著窗外，炮仗花節制的無聲讓人心懷感激。而我腹中的胎兒尚幼，此時還未學會拳腳，想是無分日夜恬靜地吸收養分，倒是大兒子已初識語言，熱中牙牙學語。

無事時，外籍看護們對著手機靈巧地嚼動口舌，吐出彈珠般的話語。對面床的臺籍看護除了下午會吹口琴自娛，一逮到機會便向我攀談。從哪裡來，在哪工作，家人還有誰等等，這些資訊交換多半是無用的，只為了排解各項檢查之間的空白地帶。

高燒退去，漸漸恢復力氣的父親開始問起家裡的事情，也能坐起來吃幾口蔬菜粥。只是，那些話語的接縫處卻曳著雜亂的脫線，且有下墜之勢，甚而連結到錯亂的時空，隨即運轉加快，一個問題接著一個，卻都言不及義。

醫生說這是譫妄，常見的住院急性症狀。護士在透明的點滴裡加入藥物。

譫，多言。妄，胡亂。

那個下午，父親毅然決然回到五十年前，獨行在記憶的深深河畔，試圖捧起彼時還清澈的河水。不知他是否照見自己年輕的倒影？我兀立在碼頭邊等待。

醫生逐床說明病況、護士例行叮囑，對床老人吵著吃炸雞，另一看護大聊政治。我踱步到電梯前，炮仗花被雨打落了大半。

在井然有序的醫院裡時間被嚴格計算，也被不經意抹除，就像院內的每一條走廊、樓梯、病房都看來相差無幾。於是所有人都一同掉入這個嚴密編織的蟲洞，自說自話，自言自語。

臉

許多我不擅長的事，其中之一就是笑。

認識多年的人都知道，我生來臭臉，不熟的人總以為我生氣，好意一點的人則會問我是不是不舒服。久了以後，我曉得自己的德性，總是回答，別擔心，我本來就長這樣（又是否這樣聽來更不友善？）。

多少的歲月裡，因為臭臉吃過不少虧。小的時候，親戚到家裡來，姊姊必定是笑盈盈問好。唯獨我走出來，母親便指著我抱歉地說，這小孩不愛笑又不會喊人。我聽了不知做何反應，臉就更臭，嘴閉得更緊。所以親友間素來都說，姊姊比較漂亮，妹妹不大行。

因為缺少練習，笑的表情於我是陌生的。不知如何使用臉部肌肉擺弄出讓人感到善意的模樣，偶爾揚起嘴角的線條也異常緊繃。在不笑的那張臉之下，靜靜看著人們笑著的臉，想了許多，仍然不太明白人們為什麼笑。因之，習慣排斥交際，減少暴露在需要笑容的場合。

讀楊絳《雜憶與雜寫》，她好與人為善，和賣水果的、洗衣服的、來家裡幫忙的都能交心，讓人把牽腸掛肚的事情跟她說，託付予她。我則常跟Y說，等老了，我得先走一步。只因我太恐懼於社交，擔心終將孤獨老去，且苦著一張臉會帶給照顧者太多不快。

在外頭，察覺到陌生人想開口和我攀談，或者不熟的人堆著笑容要來聊上幾句，我內心的警報器就會大作，想著要趕快逃跑。Y則個性隨和，看什麼人都好，什麼人看他也都好，是好聊好相處的人，老了想必也能被當成寶。

父親從幼兒到青壯年絕少的幾張照片一逕板著一張臉，看起來又苦又老。本人也是。我不懂得笑，由此繼承。

在月子中心時，護士就幾次捧著我剛出生的孩子說，已經會笑了。我回頭就和Y說，應該是神經反射使然，不是真的笑。

誰知孩子天生笑臉，從那時候起就笑口常開、逢人就笑。

推著他出門時，只要見到路人朝他擠眉弄眼，就知道他又在笑了。他的笑，如此專注深情，令人以為和他有幾世的緣分，忍不住逗弄再三。長輩們更是連聲誇讚，有福報云云。

這對我來說是何等陌生哪。自幼與長輩無緣，對此現象甚感疑惑，不知做何反應。

我的世界本是窄之又窄，在僵板板的臉孔上只露出一條小縫，容得下一些些人進入。這孩子卻用無邪的笑臉硬生生撞開大門，讓許多人開始和我親近。

特別是帶孩子上學，校門口氣氛和樂融融，親師的笑臉融在一塊兒，好不親熱。因為我的孩子天天笑著上學，園裡的老師都說，逗他特別有成就感。在這麼一張笑臉旁，我也不好意思配著臭臉，像是慢慢鬆動的城牆，最終只好棄械投降，練習著笑。

笑著打招呼，笑著再見，笑著道謝或說沒關係。漸漸感到，我得到了另一張臉。

新人間叢書 312

小物會

作　　者—夏夏
主　　編—羅珊珊
責任編輯—蔡佩錦
校　　對—蔡榮吉、蔡佩錦
內頁排版—新鑫電腦排版工作室
封面設計—朱疋
行銷企劃—吳儒芳

總 編 輯—胡金倫
董 事 長—趙政岷
出 版 者—時報文化出版企業股份有限公司
108019台北市萬華區和平西路三段二四〇號四樓
發行專線—（〇二）二三〇六—六八四二
讀者服務專線—〇八〇〇—二三一—七〇五
（〇二）二三〇四—七一〇三
讀者服務傳真—（〇二）二三〇四—六八五八
郵撥—一九三四四七二四時報文化出版公司
信箱—10899臺北華江橋郵局第九九信箱

時報悅讀網—http://www.readingtimes.com.tw
思潮線臉書—https://www.facebook.com/trendage
法律顧問—理律法律事務所　陳長文律師、李念祖律師
印　　刷—紘億印刷有限公司
初版一刷—二〇二〇年十二月二十五日
定　　價—新臺幣三九〇元
（缺頁或破損的書，請寄回更換）

時報文化出版公司成立於一九七五年，
並於一九九九年股票上櫃公開發行，於二〇〇八年脫離中時集團非屬旺中，
以「尊重智慧與創意的文化事業」為信念。

小物會 / 夏夏 著 . -- 初版 . -- 臺北市 : 時報文化出版企業股份有限公司 , 2020.12
320 面 ; 14.8x21 公分 . --（新人間叢書 ; 312）

ISBN 978-957-13-8476-4（平裝）

863.55　　109018654

ISBN 978-957-13-8476-4

Printed in Taiwan